這就是
GUTS!
夢想這回事，從來沒有句點

閃靈樂團◎著

向世界爭取追求夢想的權利只是第一步，

更重要的是當挫折迎面撲上對你揮下重重幾拳時，

你能否挺住，

並且繼續走下去的「GUTS」。

作 者 簡 介

閃靈樂團

ChthoniC，希臘文「陰間神祇」之意，漢語音譯為「閃靈」。第一個受到國際矚目的台灣樂團，史詩般的樂章也獲得國內外眾多音樂獎項肯定。1996年獲得金旋獎最佳編曲；1997年獲得全國大專創作比賽最佳創作獎、全國熱門音樂大賽亞軍；2000年受邀參加日本富士音樂祭，展開東亞巡迴演唱會，三次香港個演；2001年簽約美國搖滾廠牌，發行《靈魄之界》英文版；2002年前往美國參加Metal Meltdown音樂節（獲評為最佳演出樂團）、Milwaukee Festival音樂節，與瑞典名團Dark Funeral連袂展開日本巡迴演唱會；2003年獲得金曲獎最佳樂團獎項；2007年受邀參加美國Ozzfest音樂節與德國瓦肯音樂節，同時展開閃靈歐美巡迴之旅。著有《閃靈王朝》一書。

官網：http://www.chthonic.org

團|員|介|紹

主唱
Freddy

吉他
Jesse

貝斯
Doris

鼓手
Dani

鍵盤
CJ

二胡
Sunung

CONTENTS

為短暫生命，
創造永不後悔的成就

Doris

　　不少台灣年輕人夢想在三十歲之前賺到百萬，我們則是在三十歲之前用演唱會巡迴全世界。閃靈就是以如此迥異於二千三百萬人的生活方式，創造著屬於自己無價的獨特人生。

　　閃靈第一次出國演出是2001年受邀參加日本富士音樂祭。二十出頭的幾個小夥子踏上全亞洲最大的音樂祭，並得到日本唱片廠牌的簽約發行，對當時的我們來說像美夢成真般的無法置信。這個起頭，讓我們的唱片在多國發行，並於2002、2003、2004年陸續在北美、日本、香港、新加坡和馬來西亞多次巡迴演出，這在當時應該算是台灣樂團的一項創舉了。

　　大學畢業，家裡的長輩無不巴望著自己的小孩快點找份「正當的」工作，領薪水作投資、買房子成家立業，這些學生時期的興趣應該也「玩夠了、可以收手了」。誰知道一次次的錄音、專輯發行、宣傳和幾百場演唱會下來，我們不但沒有收手，更像是放手一搏吧！

　　2007年，隨著閃靈的第四張專輯在歐美的發行，得到美國經紀公司的合約，更獲得許多大型音樂祭和演唱會的邀約，包括美國最知名的音樂祭「Ozzfest」，以及德國音樂祭「Wacken Open Air」。閃靈正式展開了台灣音樂史上第一次橫跨三大洲，遍及數十個國家的百場演唱會行程，從沙漠到北極圈，這趟為期近五個月的歐、美、亞大長征，飛機、郵輪、火車、雙層巡迴巴士、家庭式RV、臥鋪廂型車、休旅車等交通工具也全部登場。

第一次遇上會對著舞台上翻開上衣袒裎相見的女樂迷、駭到玩人體衝浪當場摔斷膝蓋的男生，我們學會了如何應對操著各國口音英文的樂迷對我們毫不保留的讚美和評價；在國外大型音樂祭上學習如何在「五分鐘內」換場，包括換整套鼓和音箱，還得場場保持一定的表演品質；連續幾個月下來，團員們的朝夕相處比家人更加親密，更要學習如何包容與解決人與人之間必然的磨擦；在一些國家見到了每個背景際遇不同，卻對我們這群台灣囝仔充滿一樣支持與疼惜的台灣鄉親。

台灣人的國際觀常變成中國觀。跑了歐美一圈，看到在全世界揚名的藝人、品牌、商品、名勝，才知道我們競爭的視野與版圖應該是全世界，而非只有中國和台灣；見識了各國的人士獨特的民族性和行事風格，才知道台灣人國不成國、格不成格的無奈與悲歌。台灣人的觀念通常是「做什麼比較會賺」，而不是「做什麼比較有意義」，很多屬於這個民族的創意和特性，也因此隨著時間而逐漸消失。例如我們在國外巡迴時常被當成日本團，在他們腦子裡從來不覺得會有來自台灣的樂團出現在這種場域，或者有台灣樂團能夠進入以歐美樂團為主力的音樂產業。

台灣人的創意一直在整片以「拚經濟」掛帥的思想氛圍下，耗盡了所有國民與生俱來的多元創造力和國際競爭力，人性最珍貴的「夢想」，隨著社會價值的壓力下逐漸fade out，最後島內的人都在比誰的工作幫他賺了

多少錢，好像賺最多錢的人才是大贏家。我看到國外有很多漫畫家、紙雕家、刺青師傅、模型家、動物保育家、足球員、衝浪手、廚師等等，不但以興趣成就了自己的價值、自己獨特的品牌形象，更因為這些集體的成就而創造了整個國家的品牌形象、社會整體的多元性和民族自信心。

在倫敦的夜晚乘著巡迴巴士，如同哈利波特坐上魔法巴士般，在英倫建築林立的城市窄巷裡以高速穿梭趕場，在有限的時空和生命下，此時此刻的我們似乎更像是在拚了命的追逐並實踐自己的夢想。許多這個年紀的人不可能遭遇的挫折、競爭、打擊，在我們身上不曾停止過。但我們卻不想因此而停止下來，向世界爭取追求夢想的權利只是第一步，更重要的是當挫折迎面撲上對你揮下重重幾拳時，你能否挺住，並且繼續走下去的「Guts」。

結果只是過程，過程才是結果。希望大家能夠選擇夢想並堅持夢想，為自己短暫的生命創造永不後悔的成就。

PART1 · 夢想成真

北美巡迴日記

希望閃靈
能跟Ozzy 一樣，
越老越番癲

by Freddy & CJ @ 西雅圖

　　在前往西雅圖的飛機上，機上正播放著娛樂節目「Super Star」，這次介紹的超級巨星竟然就是將和閃靈在美國一起巡迴的Ozzy Osbourne。看著節目中回顧著他這幾十年來的演藝生涯，如今他已年過半百，去年被列入好萊塢名人堂；能夠跟這樣的搖滾一哥巡迴二十多場演唱會，不僅是我們這些後生晚輩的榮耀，也讓我們期許自己能持續搖滾的熱情到像Ozzy一樣長年不減，甚至越老越番癲。

抵達西雅圖機場,經過一個鐘頭繁複的反恐安檢手續,終於到了出口,由於一些技術問題,Tour Bus隔天才會抵達西雅圖,而今天前來接機的則是台灣僑胞,以及西雅圖台北辦事處的處長。

僑胞們在西雅圖台灣會館準備了盛大的Party歡迎我們,席間許多老鄉輪流上台給我們鼓舞打氣,雖然僑胞大多不諳重金屬的欣賞訣竅,但對於閃靈能夠打入他們口中的「美國主流社會」(白人社會),僑胞們都寄予很高的期待。

「過去台灣社團在美國拉布條抗議,能夠宣傳、動員的都只是台僑社會,這次你們來美國開這麼多場巡迴演唱會,除了宣傳自己還願意宣傳台灣,這效果真的是Priceless!」

我們聽到老鄉們寄予這樣的厚望,即使因為時差問題幾乎瀕臨昏厥,當下也都振作精神,向他們答謝、互相打氣。

除了遇到熱情的台僑令人振奮以外,今天其實也真是不順遂。送到西雅圖的吉他器材缺了零件、周邊商品也有遺漏、Dani的免洗內衣褲根本忘了帶、Doris 在飛機上感冒開始加重、Tour Bus發生問題……唉!希望明天開始彩排,一切都能船到橋頭自然直啊!

．．

Sunung O.S.:Dani後來都不知道有沒有穿內褲……臭臭……
Dani O.S.:我的真內褲總是洗得很香好不好!

令人折服的專業彩排
北美巡迴的第一課

by Freddy & CJ @ White River Amphitheatre，西雅圖

　　為了及早準備彩排，我們今天清晨四點半就起床，簡單梳洗吃過早餐以後，就前往Ozzfest第一場會場「White River Amphitheatre」，這是位於西雅圖市區一個小時車程的戶外場地。

　　不像台灣，只要到台上把樂器插上就可以開始試音了，美國的規矩是主辦單位不提供鼓、音箱等台上演出器材。我們抵達後，要先把自己的一整套鼓、三顆音箱，還有一堆有的沒的器材都先架設調整好。

　　看著散落一地的器材，在大太陽下我們完全理不出個頭緒，Jesse竟然還有時間去找In This Moment的金髮辣妹主唱拍照，旁邊的NILE、Hatebreed等常在巡迴的大團則搭了一個帳棚，在裡面有條有理的把每個步驟做好，各個器材不但有標示、編號，而且都有裝輪子！看來，我們這種巡迴的菜鳥實在還有很多要學的。

好不容易推器材上台彩排了，心裡想到在台灣的經驗往往要耗費半小時以上，現在我們自備的器材更多，問題一定更多，大概要弄到天昏地暗了；正在咕噥個不停，彩排竟然不知不覺的結束了。

我們向舞台總監表達的每個指令，都被迅速確實的達成，沒幾分鐘就已經幾近完美，莫名其妙中彩排竟順利結束了，剛才到底發生什麼事情還搞不清楚，只覺得這種專業程度實在令人折服，只希望明天正式演出也能一切順利啊！

閃靈小辭典(請參閱P188)

Chthonic

● NILE
● Hatebreed

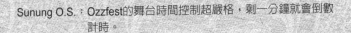

Sunung O.S.：Ozzfest的舞台時間控制超嚴格，剩一分鐘就會倒數計時。

台灣同鄉幫忙排除萬難，
閃靈的第一場Ozzfest
演出大成功！

by Doris @ White River Amphitheatre，西雅圖

　　這次巡迴從一開始就很不順，今天上午Tour Bus在前來接我們的路上爆胎，導致所有器材行李無法搬運，好險西雅圖的台灣同鄉大力幫忙，不但讓我們多住一晚，還幫我們運送器材、人員到會場，讓我們得以準時上台；表演結束後，Tour Bus和拖車的連接線路又因尺寸不合，讓同鄉們在烈日下協助修理。接著，又有團員不小心將表演衣物遺漏在台灣會館，又是同鄉們千里迢迢趕送過來。每一個不順遂，都在台灣同鄉們的幫忙下一一解決，讓閃靈全體團員與工作人員都銘感五內。

　　閃靈今天是巡迴的第一場演出，擔任2007 Ozzfest的開幕。由於閃靈跟Lamb Of God在美國隸屬於同一間公關公司，表演前Lamb Of God的主唱Randy Blythe特地來跟我們打招呼合影，讓身為Lamb Of God死忠樂迷的Dani與Jesse陶醉得難以回神。

　　美國的首場演出，大家都相當緊張，心裡都埋藏了在電影上看到被噓或被丟垃圾上台的恐怖畫面，結果想不到還滿成功的，演出後的簽名會場來了很多的美國樂迷，簽名也不知不覺的簽過時限，看到後面仍有樂迷排隊等著，看來好像真的反應不錯。

　　簽名會後我們一起去藝人專區的餐廳吃飯，看到來自芬蘭的樂團「Lordi」，這個以極具戲劇效果裝扮聞名的重金屬樂團，竟然連在後台吃飯時也戴著面具，差點沒讓團員驚訝到噴飯，聽說是因為他們堅決不以真面目示人，真是相當辛苦；相較起來，閃靈真是平易近人多了。

　　當晚，在後台洗完澡出來，剛好輪到Ozzy Osbourne演出，現場宏亮的觀眾呼聲，透過後台黑色舞台布幕透出來的光芒，一時間覺得真的好亮好亮；閃靈這個來自台灣的樂團到底能夠走到什麼地步呢？無論可以到多遠，至少我們踏在一條夢想的路上了！

16 · 17 · 18 · 19 · 20 · 21 · 22 · 23 · 26 · 29 · 30 · 31

閃靈小辭典(請參閱P.188)
Chthonic

- Lamb Of God
- Ozzy Osbourne
- Lordi

在Gorge 的峽谷間
迴盪著閃靈的音樂

by Doris & Sunung @ 喬治市，華盛頓州

　　前晚我們在西雅圖的售票演唱會，觀眾反應很好，閃靈周邊商品營業額達兩千多美金，共同演出的暖場樂團說，西雅圖的搖滾樂迷很挑剔，我們能夠讓觀眾High成這樣是很不錯的。這幾天大家都省吃儉用，團員們大叫終於可以拿錢來補給一些食衣住行上的需求了。

　　演出結束後，大半夜要馬上趕往下一場Ozzfest戶外場地，喬治市的「The Gorge Amphitheatre 」，司機開到一半精神不濟，甦農自告奮勇披掛上場。雖然他有國際駕照，但團員還是很擔心他沒有開過這麼大的車子，而且後面還拖了放置器材的拖車。好險甦農開得相當順手，漸漸開到天亮，接近喬治市Gorge峽谷的時候，路上美景盡收眼底，令他開得越來越盡興。

　　Gorge峽谷的地形，遼闊的視野搭配自然景觀，Ozzfest大舞台就背對著美景搭設，夕陽西下的時候湖面泛著耀眼光芒。

　　今天Freddy在表演〈UNlimited TAIWAN〉之前，向現場觀眾說出台灣參與

國際組織的困境，原本還有點擔心台下觀眾可能根本聽不懂，但想不到他們竟然熱烈吼叫回應，讓我們也感到很興奮莫名。

傍晚時刻走近大舞台區，看著倚傍著Gorge峽谷的大舞台時，著實被眼前的盛況嚇到了！草原上擠滿了成千上萬的觀眾，而舞台上的螢幕正好播著閃靈的五分鐘廣告，台下的觀眾都目不轉睛的欣賞著影片，真有股奇妙的感動浮上心頭。

開車離開會場時，遠方還有一抹暈紅染在入夜的山巔白雲上，此時峽谷間傳來Ozzy Osbourne響徹雲霄的招牌歌聲，這種充滿視聽享受的黃昏真是令人永難忘懷啊！

025

披星戴月1000公里
只為趕1個場

by Freddy @ Sacramento，CA

　　一連表演四天，今天終於休演，乍聽可以好好休息，其實不然，今天又面臨另一個大難題。

吃完家鄉菜 挑戰公路硬仗

　　稍早起床，難得放鬆心情，在波特蘭市的台灣同鄉羅先生家吃豐盛的台式家鄉菜，在庭院打完籃球後，又要挑戰一場公路硬仗。

　　今天要從波特蘭趕路到隔天演出的沙加緬度市，路程六百英里，大約一千公里，也就是台灣環島一周，還要跨越俄勒岡、加州州界的山區。

　　我們的交通工具並非輕巧疾速的跑車，而是笨重的Tour Bus，不但滿載團員與工作人員，屁股還拖著一輛裝滿器材的加掛拖車，就算馬不停蹄，至少也要開十二小時才能抵達。

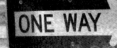

開大車凸槌 司機好友解圍

上路後，每遇休息站我們就下車伸腿，導致時間越拉越長。過了午夜竟還未離開俄勒岡州！包括司機、團員與工作團隊都快「陣亡」，只好開到休息站小睡一下。

凌晨三點半，我突然驚醒，警覺再不上路絕對趕不上，不忍喚醒大家，我決定親自開車。發動引擎、忐忑起步，沒開多久就因車體超長、卡在彎道上，擔任司機的好友George打起精神上陣，連開四小時後終於安抵會場。

這一千公里的遙路，從湖泊、河流、山丘，到森林與草原，最後抵達一望無際的平原與農場，足足花了十八小時，終於到了沙加緬度市，眼前又是Ozzfest的硬仗等著我們。

Sunung O.S.：開這種車真是超爽！卡車經過都晃得像七級地震。
Doris O.S.：其實在美國，連坐十二個小時的車也不會那麼痛苦，像是從台北到台南的感覺。
Freddy O.S.：美麗的景致中開車漸漸看到晨曦，也是幸福。

027

沙加緬度，一次令人難熬的表演

by Jesse @ 沙加緬度，加州

　　昨天開六百英里都跟我無關，因為我沒有駕照！我跟其他不用開車的成員，在車上玩橋牌、大富翁、電玩，還可以品嚐CJ煮的咖哩雞肉飯，搭配享用不盡的啤酒，真是他媽的超爽！一直在車上玩到跟司機開車一樣累，我終於也睏了。

　　早上到了沙加緬度，部隊起床，我們開始機械化的流程，把器材搬到後台組裝，準備化妝上台。一切就如同過去四場表演一樣，流程越來越熟練，正式上台表演之前做了一些標準的檢測，感覺相當順利，自以為今天應該又是一場成功的表演。沒想到一進入第一首歌〈顏面卸〉，我發現我完全聽不到鼓音，根本對不到節奏！我開始一直往後退，靠鼓越來越近，卻還是無法避免一直出錯，心情地惡劣到了極點，但為了對得起台下樂迷，我仍然賣力演出，沒把情緒顯現在臉上。

　　下台以後，我幾乎想要去找負責內場音控的老美吵架，只是看到後台許多其他藝人在場，我還是忍住脾氣。接著我們如往例前往簽名會場幫樂迷簽名，雖然排隊的人潮跟之前場次一樣，樂迷們仍然讚許今天的表現，但是在我擠出笑容的同時，心裡卻很幹！

Doris O.S.：換場時間只有五分鐘，到最後我們都練就成即使聽不清楚也能表演的境界。

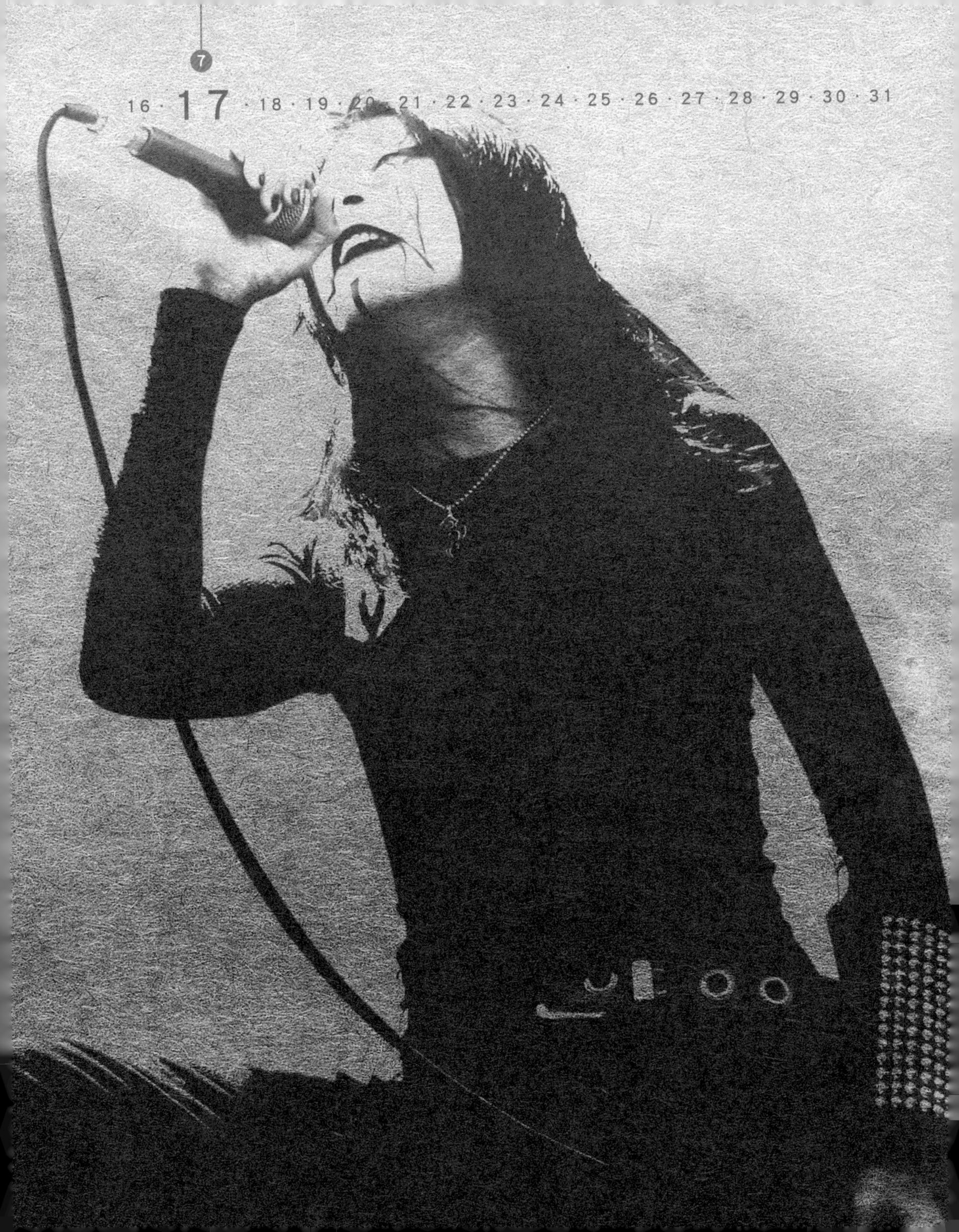
7
16 · 17 · 18 · 19 · 20 · 21 · 22 · 23 · 24 · 25 · 26 · 27 · 28 · 29 · 30 · 31

一覺醒來，登上
Your Music Magazine
的封面

by Freddy @ Mountain View

閃靈小辭典(請參閱P188)

● Skinny Puppy
● Your Music Magazine↓

　　昨天進入Boardwalk Live Club的時候，看到入口處有一疊雜誌，封面看起來很眼熟，不過由於忙著準備表演，就沒有特別去察看到底是什麼碗糕。

　　隔天抵達第四場Ozzfest山景市場地的時候，又遇到了幾個Guitar Center的琴師向我們恭賀，但是由於忙著準備Ozzfest表演，根本還來不及搞懂他們指啥，就又開始搬東西了。

　　如前幾場一樣，今天在Ozzfest表演結束後，接著是簽名會。有樂迷拿著那本看似眼熟的雜誌給我們簽名，原來那是加州閱讀率最高的Your Music Magazine！而當期的封面故事正是閃靈，雜誌裡面也有報導我超愛的加拿大團「Skinny Puppy」！

　　我一時有點反應不過來，因為這是第一本閃靈登上封面的雜誌，感動中帶著一些夢幻。其實，以前看著《成名在望》《搖滾巨星》等好萊塢電影描述的美國搖滾樂團巡迴演唱的劇情，現在自己終於也走到這一步，這一切不都是很夢幻嗎？

司機閃電辭職，
錯愕中也有解脫

by Doris @ 洛杉磯，加州

今天我們的司機George閃電辭職了，大家一時錯愕不已，經紀公司緊急應變，安排了一個專業的司機來接手。

George是一個旅美且熱愛重金屬的台灣青年，我們在2002年來美國演出的時候認識他，從那個時候開始，他就常熱心的協助我們在美國的一些瑣事，甚至當我們與經紀公司溝通不良的時候，他也會幫忙翻譯，了解情況。

　這次他為了想一起跟著這個夢幻般的美國巡迴旅程，向我們經紀公司自告奮勇擔任司機，雖然勇氣可佳，但現在巡迴正式進入第二週，George幾乎開了整個美國西岸幾千英里的車，除了深夜開車打瞌睡這種「人之常情」之外，沿路曾經把車子開上人行道導致爆胎，也曾經忘了放手煞車，開到一半整部車冒煙。

　畢竟George不是專業的司機，經過這樣的一週，勇氣與自信也消耗殆盡，同行的團員與工作人員在車上也提心吊膽，現在他辭職，也算是給自己和大家一個解脫。

　今天，我們在洛杉磯知名的演唱會場「銀河劇場」演出，除了有千百的美國樂迷以外，也有台獨聯盟、李登輝學校、聖東台灣同鄉會、台北代表處……等各種台灣社團到場支持，在這樣盛大的夜晚，我們也一起歡送我們的朋友兼閃靈北美巡迴首任司機George。接著，還有繼續將近兩個月的旅程等著我們。

Sunung O.S.：手煞車沒放真是銷魂啊！～歐～是驚魂啊！
Jesse O.S.：下次有人自告奮勇還是要看看他有沒有經驗！不然很慘！
Freddy O.S.：手煞車不能常拉～哇哈！

加州Devore，
閃靈北美演唱會
至今最經典誕生

by Freddy @ Devore，加州

　　今天是第九場演唱會，我們比預定的時間提早抵達加州Devore現代露天展演會場，從卸貨、器材搭設到化妝都很順利，上台試音也沒有再發生前幾場二胡或是聽不到鼓音的狀況，冥冥中注定——閃靈今天要發威了。

第一首歌〈黥面卸〉開始沒多久，台下上萬的樂迷竟然出現三個直徑十公尺的Mosh Pit衝撞，而美國樂迷跟唱英文版歌曲還不算什麼，第二首歌〈還陽救子〉我特別唱台語版，竟然也有樂迷跟唱，我跟Jesse看到傻眼。就在我們還未回神的時候，一位坐在朋友肩膀上穿著比基尼的樂迷，High到突然把比基尼翻開露出胸部，我指著她狂吼以回應她的熱情，沒想到她又再次翻開比基尼，讓我也感到些許害羞，趕快移開視線。唱到最後一首歌〈半屍橫氣山林〉，在沒有任何人指揮之下，全場成千上萬的樂迷竟然整齊劃一的一起跟著節奏「嘿、嘿、嘿」呼喊起來！

演出結束後，樂迷們的熱情讓團員們覺得暢快無比，接著的簽名會上，許多美國、墨西哥樂迷都對著我們狂喊：「UNlimited TAIWAN！」讓我當下真想叫他們不要再拿專輯給我們簽，乾脆把建交公報拿出來簽一簽！

閃靈小辭典(請參閱P188)

Chthonic

● Mosh Pit

期待已久的
House of Blues，
好萊塢大發威

by Jesse @ House of Blues，洛杉磯，加州

今天從旗桿市趕五百英里回洛杉磯，踏入我們在美西最期待的演出場地「House of Blues」。

House of Blues是硬石餐廳老闆Isaac Tigrett開的，有音樂表演、非洲藝文展覽、餐廳、酒吧等多功能，全美有超過十個連鎖點，位於洛杉磯日落大道的「原創館」被公認為是經典中的經典。看著節目表上包括Public Enemy、Lamb of God、Nightwish、Ted Nugent等知名樂團與藝人都在這邊演出，今天我們站上這裡，感到很榮耀。

下午，我跟Freddy先去洛杉磯收聽率第一的搖滾電台Indie 103.1 FM趕通告，台北辦事處派來幫忙的工作人員一見到我們就很High的告訴我們，閃靈登上了全美三大報之一的《洛杉磯時報》了，我一看，在Ozzfest演出的藝人中居然選放我的照片！哈哈哈！而接著電台主持人Jackie又在節目上說：「來自台灣的閃靈，是今年Ozzfest陣容裡面最棒的團！」真讓我和Freddy暗爽啊！

閃靈小辭典(請參閱P188、189)

Chthonic

● Public Enemy
● Nightwish
● Ted Nugent
● Fear Factory

今天晚上的演出很成功，舞台音響非常飽滿扎實，美國樂迷個個表情滿足，Fear Factory的吉他手Dino Cazares也特地來看我們表演。離開時，我們看到夾雜在美國樂迷群中幾個穿著閃靈T-shirt、手持閃靈紙偶的台灣人，想必他們今天也很滿足吧！

唱酬捐一點，安全多很多，
迎接北美巡迴新居

CJ @ 鳳凰城，亞利桑那州

    前天Dani才介紹我們的家，今天我們就搬家了。昨晚我們在House Of Blues表演，包括閃靈、Nile跟Daath三個團都遲到，竟然是因為三個團的車都拋錨了。Nile的發電機燒掉、Daath的傳動軸斷掉，兩個團的車都要熬夜修理，相繼放棄今天五百英里外的鳳凰城Ozzfest場次，閃靈的車則不是一個晚上就可以搞定，保養廠維修人員告知問題包括避震器、載重、輪胎磨損嚴重……等，為了安全起見，團員決定把唱酬捐出一些，改租更高規格的車子直接上路，也因此三個車子拋錨的團中只有閃靈不用放棄今天的表演。

    開著新的Tour Bus，也沒有想像中的順利，今天前往鳳凰城的路上，載著器材的拖車竟然爆胎，大夥兒簡直快嚇傻了，真是太倒楣了；不過Daath的貝斯手Jeremy跟我們說，在美國巡迴，什麼事情都會發生，相較於Daath的車冷氣壞掉、司機熱到抓狂打團員、沒廁所大家都尿在寶特瓶裡、傳動軸報廢……閃靈算是非常幸運了。

換了輪胎，我們今天還是順利的抵達鳳凰城，車子在Ozzfest後台停下來，表演完我決定做一頓豐盛的晚餐，慶祝喬遷之喜，希望厄運在接著的日子都散去；另外，也很期待兩天後到車廂廣告工廠把帥氣的〈UNlimited TAIWAN〉美術設計加入新的Tour Bus外面。

閃靈小辭典(請參閱P189)
Chthonic
● Daath

　　從進入亞利桑那州開始，我們的樂迷除了白人面孔、墨西哥面孔以外，
美國原住民（俗稱印地安人）也越來越多。昨天室內演唱會和今天的
Ozzfest阿布圭基場次，都可以看見一些美國原住民樂迷在其中。與其他族
裔樂迷不同的是，他們比較害羞、有禮貌。

　　今天有Navajo Times（納瓦霍時報）、Metallicmetal音樂網站等幾個美國
原住民主要媒體來訪，我也趁機「訪問」他們閃靈的美國原住民樂迷是哪
來的。他們告訴我，過去幾個月來，從亞利桑那、科羅拉多、新墨西哥、
猶他等各州的原住民樂迷紛紛來信，希望他們能訪問閃靈，這些美國原住

反壓迫，
成為閃靈與樂迷的共同語言

by Freddy @ 阿布圭基市，新墨西哥州

民在美國受到壓迫已經幾百年，當他們聽到閃靈的歌曲訴說著許多台灣受
壓迫的悲傷故事，他們感同身受。我聽了頓時心情況重起來。古今台外，
族群受壓迫的故事不斷，台灣內部有這種問題，外部也要面對國際的壓
迫；夢想中的公平社會，究竟何時能夠建立？

　　心裡想著這些大事，一不小心今天表演就甩頭過猛扭到脖子，好險
Ozzfest後台還提供按摩服務，雖然比起台灣的拳頭師還差得遠，但現在的
我不能奢求太多！

JUL

Lordi化妝又放炮，
辛苦更危險

by Doris @ 丹佛市·科羅拉多州

　　來自芬蘭的Lordi也是這次Ozzfest邀演樂團。他們全身上下打扮得簡直就像好萊塢影片裡的腐屍怪物，我真想問他們每次表演都花多少時間準備上妝。他們的曲風其實很八○年代，歌詞也很八○，但賣點就是娛樂效果十足。他們在曲子進行中間，會突擊式的發射煙火或大炮，不然就是鍵盤手彈完琴走到台前，拿了把小雨傘轉了轉，突然噴出火花，吉他手和貝斯手的琴頭也會同時射出火花；最有趣的是他們主唱還有一對會張開的電動翅膀，唱到某一段時會整個張開，台下也會跟著High起來。每次經過他們後台要去餐廳時，看到他們一整排的貨櫃，裡面裝滿了「彈藥」，真是壯觀。

　　Lordi偶爾會全副武裝出現在後台坐著休息，東西吃得不多，可能是因為妝太濃不好行動。每當他們表演放煙火特效時，連後台餐廳也會聽到很大的爆炸聲，我們一時還以為是恐怖分子的爆破行動，來自不同國家的藝人們都被嚇到，卻常異國同聲的大罵：「What the fxxk！」每次聽到有人被嚇到、氣得大罵，我就覺得很好笑！

　　很多人，包括我們自己，都會覺得閃靈很辛苦，表演前還要換裝、化妝，但其實我們前後也只花不超過三十分鐘。再看看 Lordi，從頭到腳換裝、化妝，表演時都還要有戲劇效果，還要放鞭炮等特效，不只辛苦，還很危險！想想我們還是算輕鬆的啦！

圖沙市樂迷大暴動
安全柵欄爆開
閃靈驚醒！

by CJ @ 圖沙市，奧克拉荷馬州

　　開張超過一甲子、包括巴布狄倫、強尼凱許、九吋釘、U2、瑪莉蓮曼森……等知名藝人都曾在這邊演出的Cain's Ballroom，已於近年被列名美國國家歷史建築（NRHP）；而今天，閃靈的演唱會就在這裡舉行。

　　Cain's Ballroom位於奧克拉荷馬州的圖沙市，我們原本對這個陌生的城市不抱特別期待，加上巡迴二十天以來，已經唱了十七場演唱會，團員們都開始麻木了。我們就像例行公事一樣，裝置器材、媒體訪問、吃飯、化妝、上台、播放序曲，沒想到序曲一放完，Jesse的吉他彈下去，台下幾百名樂迷馬上就暴動起來，Mosh pit、人體衝浪等等畫面一一上演不說，竟然還有樂迷就在我面前硬生生打起架來，我只好趕緊把視線移開當作不干我的事，自顧自的車輪式大甩頭。樂迷的瘋狂可把每個團員都驚醒了，大家都找回了表演的感覺！

　　唱到第二首歌〈岩木之子〉，舞台前隔絕觀眾的柵欄已經快垮了，工作人員們都放下手邊的工作，一一衝去撐住柵欄：這個原本以為不起眼的城市，樂迷的熱情真是讓人亮眼，連站在觀眾席最後方的約莫十名台灣鄉親也看傻了。

　　演唱會後，熱情的樂迷繼續圍在Tour Bus外面攔路照相簽名，樂迷的熱情真的能讓台上的我們瞬間回神，繼續熱血沸騰下去啊！

045

閃靈急行軍
前往德國瓦肯音樂節

by Freddy @ 華盛頓前往法蘭克福的飛機上

我們正在前往德國瓦肯音樂節的途中，這次巡迴最瘋狂的旅程終於要展開了。

一年一度的德國瓦肯音樂節被視為重金屬搖滾最神聖的殿堂，每年其亮麗的演出陣容都讓全世界的搖滾樂迷震懾，去年台北電影節播放了該音樂節的紀錄片，我看了以後更是嚮往不已。

年初我們赴歐宣傳新專輯的時候，接獲瓦肯音樂節的邀請，主辦單位竟然提出時段任我們選擇的條件，我們欣喜若狂，一口答應演出；然而沒過多久，我們又獲美國Ozzfest巡迴演唱會的邀演，兩個活動剛好撞期，如果要在德國演出，不但要犧牲一場Ozzfest，而且要在兩天內來回德國，如果因班機誤點而沒趕上瓦肯的演出時段，那一切就白忙一場了。

為了堅守對瓦肯與歐洲樂迷的承諾，我們最後還是決定參加瓦肯；Ozzfest的演出藝人知道我們的決定後，都直呼我們太瘋狂了，尤其芬蘭的Lordi也是同時受到瓦肯與Ozzfest雙方邀請，但他們毫不考慮就放棄冒險趕赴德國，決定留在美國。

於是，旅程開始。我們今天達拉斯的演唱會結束後，隨即飛車到機場搭機，途中將在華盛頓、法蘭克福轉兩次班機飛抵德國漢堡機場，最後再搭約一個小時的車程抵達瓦肯會場，預計在三個小時後演出，待簽名會、媒體通告等行程結束約五小時後，再趕到機場飛回美國，總共將在瓦肯停留不到十二小時，演出一小時，來回交通則將耗費四十一小時。

在瓦肯音樂節
被迫彈鍵盤氣炸！
樂迷高興就好！

by Sunung @ WOA，德國

　　下午一點，我們順利抵達德國漢堡機場，沿路都沒有發生什麼問題，抱著慶幸的心情等著領行李，沒想到災難才正要開始。樂器等行李竟然在法蘭克福轉機時，未搭上班機，得等到下個班次才能送達！那時就算請人再送抵會場，也早就超過閃靈的演出時段了。

　　我們原本想在漢堡機場等到樂器來才要前往瓦肯音樂節的會場，如果等不到就取消表演，但主辦單位來電不斷的要求我們不能取消演出，最後我們決定不管怎樣，先到會場再說。

　　主辦單位也立即全力協助我們，馬上派專車到機場等樂器，準備在第一時間送到會場，並協調其他藝人，安排我們延後在八點演出，災難好像終於要解決了。然而，七點行李一到，我們看了都傻眼，竟然只有裝演出衣服與化妝品的行李，樂器幾乎都還沒抵達漢堡！主辦單位再度展開危機處理，調借各樣樂器給團員們，但是，二胡根本沒得借！我著急得像熱鍋上的螞蟻，頭腦快速的運轉著想找出一個解決之道。

　　最後，我被迫只能用鍵盤來彈二胡的旋律，並趕緊把二胡把位轉到鍵盤上背熟。從來沒有想到在閃靈表演時竟然是彈鍵盤來代替二胡，而且第一次幹這種事就是在瓦肯音樂節這麼重要的場合，一直到正式表演開始，我仍然沒辦法平撫心中的氣憤。

　　然而，當我們一站在台上，全場滿滿的來自歐洲各國的樂迷都已經將雙手舉起，並且呼喊著我們的名字；開始表演後，許多擠在舞台前的忠實歌迷開始跟著我們的歌曲唱，有些前排的外國樂迷不讓我們的台灣朋友插隊，還對她們說：「拜託！我們已經等他們等五年了。」演出中間，也有奧地利的樂迷舉著大布旗寫著：「Please come to Austria！」我漸漸被樂迷們感動，也鎮定下來。唉，我們雖然都很不爽今天的狀況，但是現場氣氛還是很棒，樂迷們高興就好了啊！

來回德國演出
五十五小時歷險終於結束

by Dani @ 聖路易市，美國

在瓦肯音樂節的表演，由於航空公司與機場大出包，樂器都沒送到場，拿著主辦單位提供的樂器臨陣擦槍，站在台上看著台下擠滿超High的樂迷，我們卻表演得超彆扭，怎麼聽怎麼不對，但再怎樣也算慶幸挺過了這關。

考驗卻還持續著，進入午夜的德國瓦肯，氣溫驟降到十度左右，從亞熱帶台灣出發，經過一個月美國熱浪考驗的閃靈，穿著輕薄的衣服在瓦肯快凍死了，我們全部都聚在藝人休息區的營火前面取暖。

回美國的班機是清晨六點的，我們索性決定十二點就出發前往有暖氣的機場。約莫兩點抵達機場，航廈竟然還沒開張，我們只能在外面想辦法，這時我們又懷念起瓦肯的營火了。好險，我們發現另一個航廈還開著，趕緊轉移陣地取暖。

等到正式航程開啟的時候，又發生了不可思議的事情，我們在慕尼黑轉機時，安全人員竟認為我隨身行李內表演用的口罩是凶器，要查扣沒收。我們都快趕不上飛機了，還來這招，簡直是快氣炸，最後在強力爭取下，航空公司答應讓我以補件的方式，在閘口把隨身行李改掛託運行李。

接著抵達美國芝加哥再次轉機，災難還沒結束，由於美國安檢太過複雜，我們雖然順利抵達聖路易市，但行李竟然又沒跟上，導致再次延誤！讓我們多等了近兩個鐘頭才拿到行李，安然離開機場，總算結束了這來回德國的五十五小時歷險！

Dunlop找上閃靈，
我爽！

Jesse @ 聖路易市，美國

　　最近最爽的事情，大概就是美國的Dunlop找我和Doris代言了！我從十歲開始彈吉他，就用Dunlop的相關產品至今，包括吉他弦、pick、效果器、背帶……大概林林總總已經花了數十萬。

　　之前還沒來巡迴的時候，就聽美國的經紀公司說Dunlop對我們有興趣，不過八字還沒一撇，也不知道到底是說真的假的，一直到Dunlop的藝人公關經理Scott親自到我們洛杉磯的幾場演唱會，還在我們House of Blues演唱會後，直接到後台送我一組經典的Zakk Wylde Wah-wah效果器，我就真的感覺到誠意了！更厲害的是，接著的每一場演唱會幾乎都會收到他們送來不同款式的效果器、琴弦、配件，送禮物的速度雖然讓我快喘不過氣，不過也讓我每天的表演都可以嘗試加入不同的聲音，把玩我這些新玩具們。

　　比較尷尬的是，Dunlop決定要製作我跟Doris的中文和英文的簽名pick，雖然我寫中文真的很醜，但是他們說老外看不懂，一定會覺得很新奇而讓樂迷們想收藏。看他們這麼有誠意，我也不好意思拒絕，不過我自己大概不敢用這款pick吧，會害我想到小時候因字醜被老師罰寫一千次的惡夢。

瘋狂樂迷
衝撞險K台灣同胞
令人捏把冷汗

by Doris @ 芝加哥

　　今天的演唱會場地是芝加哥的 The Pearl Room，上網看到演出檔期幾乎都排滿如 Edguy、Epica、Overkill 等知名樂團，聽說不管是舞台、後台、藝人休息室都非常舒適豪華，實在令人期待。

　　下午三點多抵達會場，到了藝人休息室時，我們嚇了一跳，除了浴室、廁所等基本設備以外，有超強波無線網路、超柔軟沙發、撞球桌、大螢幕電視，還有吧台和專屬酒保服務調酒，要是我們每一場演唱會都有這種後台多好啊！

　　今天的演唱會，我看到台下的Mosh Pit竟撞到了一兩個特地來支持我們的台灣同胞們。這種景象其實已在我們過去二十幾場演唱會發生數次，畢竟美國樂迷不像台灣樂迷那樣「彬彬有禮」，他們喜歡你就會跟著節奏拳打腳踢，甚至出現大亂鬥的畫面，觀眾們亂鬥越猛，表示這個演唱會越成功。台灣同胞不了解這樣的文化，形單影隻的站在眾多美國樂迷裡面，想往前面擠還會被天邊飛來的鞋子K到，或是被旁邊樂迷突然舉起的「惡魔角」手勢戳到，我站在台上也常常為他們捏一把冷汗。

　　我心裡很感謝台灣同胞們為了支持閃靈，勇敢的闖進搖滾演唱會的叢林裡，但也同時擔心他們的安危，其實最好的方式應該是一到現場，先找安全的位置觀賞，欣賞舞台上的表演的同時，也觀賞台下瘋狂樂迷的反應，這才是一種雙重享受啊！

閃靈小辭典(請參閱P.69)
Chthonic

　● Edguy
　● Epica
　● Overkill

藝人不能談政治，難道藝人該被褫奪公權嗎？

by Freddy @ 哥倫布市，俄亥俄州

　　我們已經唱完美國西岸與中西區二十幾場，最近有樂迷陸續將這幾週的演唱會片段放在網路上面，因此最近幾場演唱會的樂迷們似乎都知道我們每首歌怎麼和樂迷互動。

　　如往例，今天唱〈UNlimited TAIWAN〉這首歌之前，我在台上諷刺聯合國官方網站的標語：「UN, it's your world.」我對著台下樂迷說，難道台灣不是World的一部分？難道，台灣是Underworld（地獄）的一部分？而竟然有樂迷已經在網路上預習我的問句，還大聲回應：「UN is afraid of Taiwan too much！」

　　其實，不管台上台下，大家都是熱愛音樂的人，但是在這邊卻完全感覺不到台灣藝人常刻意迴避政治的保守心態，我們在台上講到台灣加入聯合

國的議題時，台下樂迷都特別High，而接著下一組的演出藝人Daath在台上罵布希，台下也熱情回應。再看看我們之前演出的德國瓦肯音樂節，其活動官方刊物還有一個專欄痛批中國沒有履行在奧運舉辦前改善人權與民主的承諾，直陳這樣喪失了普世價值的奧運，還有什麼值得期待。

藝人們熱愛音樂，但是我們也跟所有公民一樣有著社會與政治義務，這是我們身為民主公民的責任，不是嗎？

期待一面
土生土長的台灣國旗

by CJ @ 芝加哥‧美國

　　今天在芝加哥的**Tinley Park**的演出，一如往常，我們在人山人海的美國樂迷中看到零星的台灣同胞們舉著台灣魂旗幟或台灣同鄉會旗，但今天最特別的是，在我正前方的美國樂迷高舉著一面中華民國國旗。

　　晚上回到下榻處，馬上收到這位芝加哥忠實樂迷的**E-mail**，他除了表達對閃靈的支持以外，透過閃靈也讓他了解台灣、支持台灣，他還直稱：「Taiwanese Flag is the most beautiful one！」他熱情的支持卻讓我內心的矛盾湧現。

　　它代表著屠殺上萬台灣人、戒嚴三十八年、實行白色恐怖統治的獨裁政權，它不是在台灣誕生，而是於1949年從中國帶來台灣的旗幟，圖案裡面還搞了個黨國不分的內包黨旗設計。這樣一面旗幟卻成為台灣的國家象徵，實在讓我覺得很「囧」，舉凡全世界大概沒有其他國家會這麼「囧」吧。但是，國外的樂迷怎可能理解台灣這麼複雜的歷史背景呢？他們不管手上舉什麼旗幟，心裡認同的都是台灣，我們還是感到很驕傲與感激。

　　但我仍一直期待著，有天能有一面真正屬於台灣人民、跟我一樣在台灣土生土長的旗幟。

變態殺人魔
囚禁受害者的地窖？
不！這是閃靈的休息室！

by Doris @ 聖保羅市，明尼蘇達州

今天來到明尼蘇達州，一到表演場地Station 4 Live House，看到位處在甚具歷史風味的聖保羅市中心精華地段，團員們都開始幻想它的藝人休息室一定非常舒服。

興奮的跟著工作人員走去；沒想到越走越詭異，經過雜物亂堆的器材間，走下腐朽搖晃的木造樓梯，最後進入一個昏暗的地下室，桌子傾倒在積著厚厚灰塵的沙發上、牆壁都已剝落露出磚頭、地上堆著空心磚等雜物、蜘蛛網遍佈在每個角落，還有一扇爛掉的木門，似乎已上鎖多年，這簡直就像是電影裡變態殺人魔用來囚禁受害者的地窖，結果卻是藝人休息室。我們看完後當下決定用逃難的方法快速撤離到Tour Bus上面，我以為自己跑最慢，所以邊跑邊還回頭看會不會冒出什麼怪物衝過來，結果被跑在最後面的Dani嚇個半死。

　　雖然這個場地設備機能簡陋、建築年久失修，但仍然擠了許多死忠樂迷，尤其音響品質出乎意料的好，一掃之前在克里夫蘭表演不順的陰霾，我們馬上抓回平常表演的感覺，站在台上整個情緒都釋放了！

　　演唱會結束後，一堆樂迷衝到我們的Tour Bus前跟我們合照，搶購我們的周邊商品，銷售工作人員第一次要衝回車上的倉庫補貨，結果當晚就創下數千美元的銷售佳績；這次的巡迴真是充滿驚奇，什麼事情都預料不準，一個不起眼的場地也能締造一場成功的演唱會。

CJ O.S.：其實今天是我生日耶～
Freddy O.S.：喔。

累計六十幾家媒體訪問，
英文進步神速

by Freddy @ East Troy，威斯康辛州

這兩天我重新整理回顧每天的行程，才發現巡迴至今，我已經接受了六十幾家媒體的訪問，難怪團員都說我的英文進步神速。

這些訪問包括了《洛杉磯時報》《華盛頓郵報》、ABC電視台等美國主流綜合媒體，也有少部分華文媒體如《台灣日報》《世界日報》、中央社等，而絕大多數都是如Indie 103.1、Vice、Rock City News、Metal Hammer等音樂娛樂媒體。接連訪問一個月以來，我也有了一番心得。

美國主流綜合媒體通常對於政治議題最感興趣，想了解台灣在這麼

艱困的國際環境中，身為藝人能夠做些什麼。華文媒體的思維則還停留在過去台灣藝人出國宣慰僑胞的概念，常把焦點放在美國台灣鄉親跟我們的互動，還有更誇張的某媒體曾經以為我們是來唱台灣民謠給鄉親們聽，真是讓我啞口無言。

美國音樂娛樂媒體的訪問則往往會圍繞在我們與美國樂迷的互動，問我們希望把怎樣的台灣形象帶給閃靈的樂迷們、是否習慣美國樂迷的熱情表達方式……等。除了四平八穩的問題以外，這類媒體也有許多天馬行空充滿創意的問題，例如團員的感情生活、聯合國這麼爛為什麼要加入、覺得今年哪個搖滾巨星會死、想跟哪個一起巡迴的藝人交往、台灣男人最性感的地方是哪裡……

最驚悚的是，某個結合搖滾與情色的知名網路媒體訪問過程中，直追問我喜歡哪種成人影片，還送了我一組免費帳號，因此訪問結束後，其他幾位男性團員們紛紛對我抱以某種殷殷期盼的眼神……

印地安那冥紙紛飛
Freddy隱形眼鏡凸槌

by Freddy @ 印地安那

　　樂迷們最喜歡我一邊紅角膜、一邊白角膜的眼睛造型，尤其是紅角膜的那隻眼睛的白眼球完全呈現黑色，驚悚的程度連我自己都愛不釋手。然而，這隻眼睛的隱形眼鏡需要能夠包覆整個眼睛外顯的部分，直徑將近三公分，戴起來相當費工，有的時候花十分鐘都戴不起來。

　　今天在印地安那州，怎樣都戴不起來，差點想把眼球挖出來黏上隱形眼鏡再裝回眼窩！而我竟焦躁到沒有注意時間，團員們早已上台開始表演。就在我戴上去的瞬間，工作人員衝進化妝室大吼把我趕上台，當時第一首歌都演奏到一半了。

　　我跑上舞台，赫然看到漫天飛舞的冥紙，這個熟悉的景象讓我心中的焦躁全部消失，表演的情緒全部燃起。一直到表演結束，紛飛的冥紙幾乎從來沒有停過，我心中也忍不住好奇，這些樂迷們手中「用之不盡」的冥紙是哪來的？

　　到了簽名會，冥紙供應者終於現身，原來是印地安那州的**FAPA**組織。他們知道閃靈在台灣的演唱會都會有樂迷灑冥紙，今天特地帶來給我們驚喜，沒想到印地安那州的樂迷們馬上就學習了這個台灣特有的文化，紛紛索取冥紙跟進。這些樂迷們最後還拿著冥紙來給我們簽名，今天的演唱會，真像是置身台灣，團員們因此都表演得非常盡興，也忘了罵我凸槌沒上台，真是好險！

閃靈小辭典(請參閱P189)
Chthonic
● FAPA

團員生活背景不同
朝夕相處起摩擦

by Freddy @ 紐澤西

　　不知不覺的，我們已經待在國外近四十天，唱了三十幾場演唱會。巡迴的日子不像電影裡面演得那麼快活，團員們二十四小時相處在一起，比家人、同事或同學之間的互動還密集，氣氛有的時候很緊張。

　　每個團員來自不同的生活背景，不管是衛生習慣、生活規律、財務概念都不一樣。Dani跟我對環境衛生相當挑剔，總是到處罵誰又亂丟臭襪子、值日生不好好做事、車上堆滿雜物……等；Jesse跟CJ比較隨性，常跟同行的藝人、樂團喝酒應酬，肩負了公關的工作；Sunung跟Doris負責管理公費，團員要花錢，他們都會嚴格把關，但也容易被團員擺臉色，是吃力不討好的工作。由於行程緊湊、大家神經緊繃，這段時間裡也發生了好幾次的摩擦。

　　稍不注意，小嫌隙可能就會變成大悲劇，因此最近這幾天，我們開了幾次內部會議，針對過去一個月以來團體生活的每個細節做檢討，有什麼問題都正面溝通解決。畢竟，我們都在同一艘船上，應該說同一輛Tour Bus上，我們的共同目標就是安全、順利、成功的完成這次巡迴演出。

　　美國的經紀人曾警告我們，有很多樂團巡迴到最後以散團收場；但我相信，這種狀況絕不可能發生在閃靈！

Jesse O.S.：很多事情其實很簡單！
Freddy O.S.：連Jesse都覺得簡單的事情，可見真的很簡單！

069

貝德福城演唱會場隔壁
關係企業竟是脫衣舞酒吧

by Freddy @ 貝德福城，新罕布夏州

美國的音樂產業分工非常細，有經紀公司、唱片公司、公關公司、周邊商品公司、演唱會經紀公司……等各種單位在為閃靈工作，我們的國際巡迴就是由演唱會經紀公司和每個城市的演唱會製作公司來安排場次。

這次Ozzfest場次都是在數萬觀眾的戶外場地，而室內的演唱會則由各城市的演唱會製作單位依照該城市的閃靈樂迷數量、唱片銷售量來評估適合的場地。樂迷多的城市就會選擇比較正式可容納幾千人的音樂廳或是具規模的Live House，如洛杉磯的House of Blues、Galaxy Theatre……等；樂迷少的城市則會在意料外的怪場地，例如前幾天在Rockford的場地就像是一個小型會議室。

今天在貝德福城的場地更怪，我們的表演場地「Mark's Place」平常是撞球場，觀眾席超窄、天花板超矮，而隔壁的關係企業竟然是脫衣舞酒吧，而表演樂團一律可以免費入場，聽說很多在「Mark's Place」表演的樂團都常把唱酬拿到隔壁花光。

不過既來之則安之，雖然連甩頭都會感覺頭髮「刷」到天花板，我們還是不保留任何體力的表演，讓滿場的樂迷們筋疲力盡才回家。演唱會結束後，看到暖場樂團開始往隔壁的關係企業移動，我當然是直接回到Tour Bus上休息，沒笨到把唱酬拿到隔壁花光，台灣人還是比美國人會理財吧！

Doris O.S.：其實還是有數名台灣人往關係企業移動，只是你不知道而已耶 :P

16 17 18 19 20

閃靈以身為台灣人為榮

by Freddy @ 哈特福德市，康乃狄克州

　　我們終於巡演到美東了，從進入五大湖區開始，氣候就沒像之前那麼熱了，今天抵達美國東北方的康乃狄克州，氣溫最高不到二十五度，許多美國樂迷還是打赤膊，我們來自亞熱帶的台灣則開始穿夾克了。

　　不只是氣溫變低，連風都超強，就在我們準備把閃靈帆布看板布置搬上舞台之前，腳架竟然被風吹斷了，眼看著只剩下三分鐘就要上台，我們安撫快跳出來的心臟，冷靜下來用膠帶纏緊補強。看到這番強風，我臨時衝到拖車內把台灣魂旗幟放到舞台旁邊備用，如果今天樂迷夠High，我就要來迎風舞大旗了！

　　果然是天時地利人和，融合金剛經的演唱會序曲才剛播放，台下上萬名樂迷已經開始扯嗓吶喊，接著第一首歌〈黥面卸〉演奏下去，台下觀眾拳打腳踢、人體衝浪統統來，台上台下就這樣一路瘋狂到演唱〈UNlimited TAIWAN〉時，我終於把旗幟舉起來揮舞，跟台下樂迷們一起長聲吶喊！

　　當這面繡著「台灣魂TAIWAN」的旗幟揚起，所有的樂迷都振臂歡呼的時候，我真以身為閃靈一分子為榮，更以身為台灣人為榮！

CJ O.S.：幸好我以不身為外國人為榮！

我們真是壞屁股?!

by Sunung @ Poughkeepsie,紐約州

前兩天紐約時報肯定我們是今年Ozzfest最佳藝人，原文是「the weirdest and best act on the bill」，我一開始看到「weirdest」，還覺得很彆扭，為什麼要說我們最佳卻又說我們最奇怪，後來美國樂迷解釋給我們聽，「weirdest」是「好得不可思議」「好得難以置信」的意思。

這句話從字面上大概還能懂，但是有一堆令人難以立即參透的樂迷用語，聽了我真是丈二金剛摸不著頭腦。剛開始幾場簽名會，我常常想破頭都想不通，怎麼他們這麼興奮找我們簽名、合照，卻說我們是壞屁股（You are bad ass）！我們的音樂是狗屎（Your music are the shit）！我們病得很嚴重（You are so sick）……

後來經過美國朋友的解釋才知道，「你是壞屁股」其實是「你很讚」的意思；「你的音樂真是狗屎」其實是「你的音樂真是經典」；「你們病得真嚴重」其實是「你超屌的」。我本來還不太相信有這麼深奧的倒反法，後來上了美國許多藝人的音樂網站留言板，才知道真的是這樣。

不過，一直聽到他們對我們說：「You are so sick！」我真想回答他們，對啊，因為我們沒辦法加入世界衛生組織（WHO），所以「我們病得很嚴重！」（We are so sick！）只是這種無奈的冷笑話，大概只有台灣人笑得出來。

Jesse O.S.：幹!!!你要學的還多的勒~阿宅！

進入紐約大蘋果
鄉巴佬會樂迷

by Jesse @ 紐約

從西岸的西雅圖開始，經過了一個半月、四十場演唱會，我們終於到了紐約，這個被稱為「大蘋果」的地方。

今天的演唱會場地是全紐約……喔！應該說是全美國最有名，由藍調之神BB King開設的場地「B B King」。我們從進入美國中部開始，已經很久沒看過高樓大廈林立的都市，當Tour Bus進入紐約市曼哈頓地區時，我們興奮得到處張望。而抵達會場的時候，看到在這人潮熙攘街道上直接秀出今晚的演出藝人「ChthoniC」，感覺真的超棒的！

這幾天東岸的氣溫都很冷，當初我們離開台灣的時候沒想那麼多，以為全世界都跟台灣一樣，八月當然是穿短袖，沒想到街上人人都穿上了長袖，我們一下車都快冷死了。不管如何，當一天和尚敲一天鐘，成功的演出還是最重要的。

還沒上台之前，台下已經開始喊「ChthoniC、ChthoniC……」我一上台，更有一堆樂迷大喊：「Jesse！」我整個精神大振，表演特別起勁。我一直以為巡迴幾十場下來，應該會麻木，但是看到不同城市的樂迷都一樣的熱情，我真是每天都抱著高度的期待面對樂迷啊！

九月份我們還會回來紐約表演兩次，許多死忠樂迷已經允諾我們一定會再來，而我們也會養足精神，再跟大家見面！

Doris O.S.：終於踏上期待已久的BB King舞台，連後台的休息室餐點都超好吃！

077

AUG

士玄讓美國人豎起大拇指

by Doris @ 匹茲堡

今天行程來到了匹茲堡，表演一開始甦農的聲音完全聽不到，好險士玄馬上衝上台幫他搞定。接著輪到我的貝斯突然斷絃，又是士玄立刻幫我換了一把備用貝斯。

「士玄」這個名字，許多台灣樂團們都不陌生，他不僅是旺福等許多樂團長期配合的工程師、也與The Wall等重要的表演場地密切合作。當我們今年初確定下半年要展開國際巡迴時，就開始物色適合的隨團工程師，雖然美國的經紀人建議了幾個美國在地人選，我們最後還是決定從台灣帶有類似工作背景與生活習慣的人選，而精通各種樂器和電子線路的士玄就成為不二人選。

他除了在演唱會上多次搶救了斷絃、線路接錯、鼓架倒塌⋯⋯等許多緊急狀況，還定期保養每個團員的樂器、提醒團員採買導線、鼓皮等消耗品。前陣子我彈奏Ibanez提供的專屬貝斯非常不順，也是他在費城場次幫忙調整好；另外甚至連巴士上發電機跳電、冷氣不冷、後車燈不亮、糞管拆接、門鎖鬆脫⋯⋯等，可以說只要跟機械有關的，他全都精通。

打從七月初，閃靈自西雅圖能到現在的匹茲堡一路順利演出，士玄可說是居功厥偉，而他也讓所有共事的美國人對台灣人的能力豎起大拇指

台灣與芬蘭的十一隻鬼

by CJ @ 底特律

　　Ozzfest的每個場次大同小異，二十幾場下來能看的都看完了，攤位就是那些，藝人都一樣這十來個，看得都膩了。不過這兩天才突然發現，我居然到現在都還沒好好欣賞從芬蘭來的Lordi啊！聽說他們得過歐洲啥米大獎之類的，每次他們表演我都在後台吃飯或洗澡，只聽得到他們一直在放炮，音樂都聽不太清楚。

　　於是我前天就特地衝去看了一下，哇咧，這是什麼狀況？全身裝甲，噁得像妖魔鬼怪一樣的Lordi，唱的竟然是跟外型很不搭的柔軟輕快的音樂，台下觀眾的反應也是超不High。

　　聽說Lordi的Tour Bus司機工作態度有問題，他們最近決定開除他，但是司機一聽到消息，竟然把他們載到美國移民局門口，再把車排擋弄壞就逃走了，最後還是他們打手機求救，美國警察把他們送到Ozzfest會場才趕上表演。

　　雖然他們的音樂不合我的胃口，但是今天隨團經理安排我們跟Lordi合照，我還是覺得滿有噱頭的，我們兩個團在後台碰面，總共十一隻鬼相見還真是開心，閒話家常，不過我一想到他們被司機惡整的遭遇，我心中還是對他們抱持了一種憐憫的心情。

Sunung O.S.：Lordi的舞台裝要穿一整天真的好可憐～
Doris O.S.：Lordi鍵盤手卸下鬼魅裝扮後的素顏樣感覺很像Club 8 的女主唱Karolina?!

中元節——
辦桌宴請Ozzfest眾鬼

by CJ @ Charlotte‧NC

　　巡迴美國一個多月以來，各城市的台灣鄉親都非常殷勤的送台灣料理給我們，雖然很感激，但是我也失去了大展廚藝的機會，在這漫漫旅程中，除了坐車睡覺、化妝表演之外，沒啥事情可做，簡直就快悶死了。

　　今天正逢中元節，台灣各地的鬼都會跑出來，台灣人好客，什麼鬼都要請，還連請一個月，所以七月叫做鬼月。鬼的日子，當然也是閃靈的重要節慶，雖然遠在美國，該有的禮數還是要有，我一定要把握這個機會一展長才！至於要請哪些賓客？當然是Ozzfest表演陣容上的各路鬼神。

　　今天準備的菜有滷肉、麻婆豆腐、沙茶牛肉、芹菜豆干、蔥爆豬柳……等等，團員們也都幫忙擺盤或準備酒水，晚上九點多，幾個比較常混在一起的團，像是Lamb of God、Behemoth、Nile、Devildriver、Ankla、Daath都來到後台停車場了，甚至不太熟的Static X也跑來，看這些以前覺得是我們偶像的團體，統統湊過來吃我煮的拿手好菜，真爽！我看他們這種西洋鬼應該很羨慕台灣人吃的東西，我們的菜炒熟香噴噴，他們吃生菜，明明有沙茶牛肉又甜又嫩，他們卻吃生肉；比起來在台灣當鬼好像比較好，至少三牲五禮都是殺好煮好的。

　　吃到一半，Freddy向大家舉杯：「今天，我們各國的鬼一起在美國慶祝台灣的鬼節！大家恭喜！乾杯！」這些洋人都High翻了！

Freddy O.S.：基於藝人食膳的需求，Ozzfest應該要年年找閃靈！

閃靈小辭典(請參閱P189、190)

C hthonic

- Behemoth
- Devildriver
- Ankla
- Static X

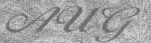
三倍操，慧雯崩潰

by Freddy @ Winter Park，FL

　　從七月初抵美展開巡迴，不知不覺已經到了八月底，經過了近兩個月，我們的隨團經理（Tour Manager）慧雯終於崩潰了。

　　這次巡迴為了希望能夠減少語言上的障礙，我們推辭了美國經紀公司建議的人選，而找了英語跟漢語都很輪轉的新加坡朋友「慧雯」來擔任隨團經理，她從2000年就常來台參加春天吶喊、野台開唱等活動，對台灣的獨立音樂場景相當了解。

　　暑假一向是美國眾家藝人巡迴的旺季，行程密集度和複雜度讓許多Ozzfest演出藝人的隨團經理中途就落跑不幹了。而這次閃靈巡迴除了一般的演唱會工作和面對美國樂迷需求以外，還要處理爆量的媒體訪問行程，以及各城市台灣鄉親的招待聯繫事務，我們的經紀公司直說這是一般隨團經理工作量的三倍，慧雯能夠撐住簡直是奇蹟！

　　這段時間她有時接電話接到半夜，沒睡幾個小時清晨就又有人打給她；

一下要用英語跟美國各合作單位與樂迷們溝通，一下又要用漢語跟台灣鄉
親交談，有時還會因為許多台灣鄉親只會講台語而發生許多誤會。終於，
奇蹟在今天結束，慧雯提出辭呈。

　　經過幾個小時的溝通，我們決定把一些工作交給團員分攤處理，她也終
於軟化了辭退的態度，答應留下專一處理媒體採訪的行程。我們大家也鬆
了一口氣！

　　唉，其實我這兩天感冒了，團員們都很緊張，如果是樂器壞了，還有好
幾個備用的，但是如果因為感冒嗓子啞了，那根本沒有任何替代方案，我
小心的吃藥調養身體，病情漸漸穩定，還是撐過了這幾場表演，但是其實
是長時間巡迴導致的工作和生活相處問題卻越來越嚴重，才是令我最心煩
的。

Ozzfest 2007畢業典禮

by Doris @ West Palm Beach, FL

　　今天來到佛羅里達演出最後一場「Ozzfest」，在台上的心情其實很複雜，演奏到最後一首時，看著台下觀眾高舉的雙手，視線突然間被淚水模糊了。參加「Ozzfest」是多少個成千上萬樂團的夢想，這個曾經在我腦海裡閃過的遙遠夢境，如今不但可以站在這舞台上，而且就要從這裡畢業了。

　　Ozzfest 後台一輛輛藝人巡迴巴士像是一戶戶人家，大家常到對方的車上串門子或半夜BBQ，除了聊一些演出心得，還會分享人生際遇，每個在台上看起來又酷又兇狠的樂手，私底下的個性卻是超級古怪又搞笑，和他們在一起「Hang Out」，感覺像是拾起失去許久的同學情誼，格外令我珍惜，電影《搖滾芭比》（*HEDWIG AND THE ANGRY INCH*）裡〈*MIDNIGHT*

RADIO〉這首歌應該是此刻心情最好的詮釋吧。

　　這幾場後台都瀰漫著一股依依不捨的氣氛，大家拿著節目手冊到處留簽名。不過，我們的畢業紀念冊上面比其他藝人多了一個更值得珍藏的部分，就是校長歐吉桑（我們給 Ozzy的暱稱）在上面的簽名！閃靈是這次少數能跟Ozzy 合影的樂團，這也讓其他藝人羨慕不已啊！

　　閃靈在 Ozzfest後還有巡迴的演出行程，九月份還有十六場在美國和加拿大東岸的演唱會，包括四場跟知名樂團 Cradle Of Filth的巡迴，雖然相當令人期待，但坐上離開 Ozzfest會場的巴士前往閃靈下一段的旅程，心中仍有著些許孤單。

CJ O.S.：哭了哭了……
Freddy O.S.：我那天發了一個大脾氣，大概是太感傷了！

*C*hthonic 閃靈小辭典(請參閱P190)
● Cradle Of Filth

有了昨天的美好經驗，我們也非常期待今天在肯塔基州的小場地表演，尤其這是個鄉村地方，我們悠閒的進入州境，欣賞著窗外風情，真是令人心曠神怡啊！

抵達表演場地Uncle Pleasants，附近都是一堆木造平房，穿插著單線道小路，我們趕緊把器材搬完、試完音，就到隔壁一間超級舒適的咖啡店，享受難得的鄉村午後。

一直到了表演前，幾個團員們看起來臉色很凝重，原來是剛才會場內有幾個種族主義分子滋事被趕了出去，有些樂迷特地來告訴我們，要我們表演的時候小心一點。他還說，肯塔基是個很保守的州，有些很激進的基督教主義、白人主義，甚至還有3K黨，而他們只是聽重金屬也都被視為異類。

在保守的肯塔基州
遭遇種族主義

by CJ @ 路易斯威爾，肯塔基州

　　表演的時候，果然有幾個在最前排的觀眾看起來超怪，一直比畫著看似挑釁的手勢，而Freddy決定歌曲中間減少講話，一首首連貫表演下去，用音樂轟炸台下，不讓他們趁隙嗆聲；而我發現器材有問題，也沒有時間處理，只能硬撐下去，雖然感到很灰心，但是也不知道該怎麼辦才好。

　　表演之後，Freddy請工作人員在接著的場次在台上放置幾根木棍，以備有人搗亂時可以讓團員防身，而我們在會場外面，樂迷們還是一直跟我們感謝來這個小地方表演。在美國巡迴將近兩個月，我覺得美國是個很大很複雜的國家，每個地方的民情都不太一樣，但我們真是沒想到竟然看似悠閒的地方，反而是最危險的啊！

Doris O.S.：我只記得那天冷氣壞掉，車內大概快四十度吧！
　　　　　　結果只有我還能待在車上！

真倒楣，
Taiwan護照扯China

by CJ @ 水牛城

　　我們現在在美國東北，朋友說這裡的緯度跟北海道差不多，難怪天氣這麼涼，才剛從南方來的團員們，從短褲換穿長褲還多加一件外套，而車子的冷氣則在這種不用開冷氣的時候修好了。

　　為了接著的四場加拿大演唱會，今天我們一早就起床去水牛城加拿大領事館辦簽證。我們的隨團經理慧雯是新加坡籍，所以她免簽證就可以入境。以台灣的生活經濟水準來看，應該去許多國家都能享有免簽證待遇，可以讓人民的國際往來事務方便得多，只是每次台灣與各國洽商這類事宜時，中國政府總是出來亂，唉！他們真是很盧。

　　其實出國不只是這點煩人，連護照本身都是害人精，之前我們團員分別在秘魯、瑞典、葡萄牙都遇過海關人員看到我們護照上面的「China」而搞錯，以為我們是中國來的，折騰半天還沒辦法入境，最後搞懂原來我們是Taiwan不是China，我還被某個海關人員擺臉色，不屑的問一句「台灣就台灣，搞個China 在護照上幹嘛！」唉，你們以為我想喔！每次被誤會我也覺得很悶好不好！

　　後來護照上面加註「Taiwan」了，這種事情比較少發生，只是護照封面同列China 跟Taiwan，反而混在一起有種錯覺，以為台灣是中國的一部分，更讓人渾身不對勁！

　　Freddy比較好運，他的護照疑似工廠偷工減料，自己用手摳一摳，China字樣與某黨黨徽就摳掉了；Dani的護照則製作得比較精良，摳也摳不掉，大呼倒楣。我是連碰都懶得碰，直接用個台灣護照封套套住就搞定，感覺也更頂天立地！

巡迴兩個月第一次觀光
就到尼加拉大瀑布

by CJ @ 多倫多·加拿大

　　九月份我們有四場在加拿大的表演，本週在安大略演出兩場，然後回美國繼續巡迴一個多星期後，再到魁北克演出另兩場。今天我們就開著Tour Bus從羅徹斯特出發，抵達水牛城過美加邊境。

　　當我們團員下車通關檢查時，海關人員知道我們是即將前往加拿大演出的台灣樂團，興奮的和我們聊起天來，行李跟車子都沒檢查就讓我們通關了；同行的美籍司機直呼不可思議！

　　入境加拿大之後，我們直奔名列世界三大瀑布的尼加拉大瀑布，看到澎湃壯闊的景象，我們簡直嚇得講不出話來。這幾年來，我們經常在全世界飛來飛去，漂亮的地方去過不少，瑞典、丹麥、英國、德國、法國、香港、新加坡、馬來西亞、日本等國家！但我們都不是去玩耍的，這實在有點慘。這次在北美到處巡迴也一樣，兩個月來我們很少有機會到處遊覽、看風景、買名產。終於今天空閒的「幾個鐘頭」，就剛好讓我們看見以前只有在風景明信片上的尼加拉大瀑布，實在太幸運了。其實，加拿大最知名的楓葉即將變紅了！也就是說，一個多星期之後，當我們再來演出之時，剛好會遇上加拿大最美的季節開始，希望到時有遊覽觀光的機會，我們實在應該偷閒當一下觀光客的。

　　晚上我們進入多倫多市，看著乾淨、精緻的街景，加拿大真不愧是連續七年被聯合國評為「全球最適合居住的國家」啊。不過……台灣不是聯合國會員國，他們應該沒有把台灣列入評比吧，我住在台中也滿舒適的啊！

吃垃圾食物
才能長得跟阿諾一樣喔！

　　以前以為加拿大應該像是美國的另外一州，來了才發現完全不一樣，多倫多的市景比較像英國，路上的招牌或是餐廳的菜單則同列英文與法文，公車廣告卻又看得到「道地烏龍茶」的漢字，各色人種都在街上穿梭，聽說光是台灣人就有五萬個！

　　演唱會場地是在多倫多的「Fun Haus Concert Hall」，由於這是加拿大的第一場，許多媒體相繼來訪，有幾個記者提到，一般到北美巡迴的國際樂團，美國巡迴完就離開了，我們能順便到多倫多，讓這邊的樂迷都很興奮。其實我們從台灣這麼遠的地方來，當然希望能盡量不要漏掉任何大小城市的樂迷。

　　這些來訪的媒體其中有個有趣的節目叫做「Governor's ball」（州長的舞會），主持人Andrew以模仿加州州長阿諾史瓦辛格訪問重金屬樂團為特色，不管我們回答什麼問題，他都會說：「對啊，就像我一樣，我當州長還是要常常拿槍把壞人打爆！」或「你們要常常吃垃圾食物，就可以跟州長一樣壯喔！」Freddy笑得都快訪不下去。

　　晚上演唱會時，看起來這些樂迷真的是期待很久了，甩頭甩到頭都快掉了，我自嘆不如啊！表演結束後，台下還一直喊：「One More Song！」不過我們已經沒有歌可以唱了，因此我跟Doris又回到台上，送台下我們的簽名pick，他們也High翻了，其中有個樂迷還說他等閃靈等五年了！

　　雖然又是一場很爽的演唱會，但是坐在離開會場的Tour Bus上，看著窗外熱鬧的多倫多，就像台北的夜生活一樣；Freddy跟Dani最近開始吵著想回台灣，唉，我好像也開始想家了！

Sunung O.S.：超過兩個月之後，真的每天都想回家，想念麻辣鍋！

Jesse背部嚴重拉傷
表演臨時砍歌

by Freddy @ Hartford / NY

　　嚴重的狀況發生了，今天在Hartford表演到第三首歌〈返陽救子〉的後半段，Jesse背後的筋突然嚴重拉傷，平常表演屬於豪華派的他，接著的四十分鐘都只能像木頭人一樣一動都不能動，連去踩效果器都很吃力。

　　我雖然還是試著全力去表演，但是還是忍不住一直分心去看Jesse，深怕他突然痛到昏倒，一直到最後幾首歌，Jesse已經快受不了，用著顫抖的聲音跟我說，砍一首歌，快一點唱完，他快撐不下去了。

　　表演結束後，顧不得樂迷還在吶喊，我們今天真的沒辦法唱安可，Jesse甚至也沒辦法回到台上送大家簽名pick，我急著跟他回到Tour Bus上幫他貼冰敷藥膏，安排明天在Hartford鎮上看漢醫。平常最嚴格要求大家要投入情緒用心表演的Jesse，竟然自己遇到這樣的慘況，雖然他非常火大，也只能

邊哀痛邊罵。我則不斷的叮嚀大家，以後表演
一定要先做伸展操。

　　最近幾場表演，我開始覺得怪怪的，雖然身
體沒有不適、樂迷也都很High，但我心裡總是
有點疲倦，有點難維持表演情緒，而今天平常
表演最激烈的Jesse又受傷，巡迴演唱果然是心
理與生理的試煉啊！

Sunung O.S.：那時還以為你喝太多要吐了哩……

意外大收穫
兩個月的鼓技密集特訓

by Dani @ Hartford，CT

　　巡迴期間雖然偶爾有休假，但是大多數的休假日也都是坐在Tour Bus上，前往下一個演唱會場。但是今天不一樣，今天我們在Hartford整天都空出來，打算好好的睡個飽，然後有空就去市中心逛一逛；結果，竟然下雨。算了，反正我沒事的時候都在練鼓，下雨就照舊，繼續練就對了。

　　巡迴的前兩個月大半是跟Nile同台表演。頭兩個星期，我都在旁邊觀察他們那個像鬼一樣厲害的鼓手George Kollias的後台練習，偷學他的技巧。後來我們混熟了，他幾乎每天都會教我一些特殊技巧；我才知道，George教鼓的學費行情是每小時70美金，我在這邊跟他免費學兩個月，真是這趟巡迴意想不到的大收穫！九月雖然沒有跟Nile同台的場次了，但是我還是每天快樂的練習著新學的鼓技哩！

　　昨天背部嚴重拉傷的Jesse，今天一早就先去許姓台灣醫師那邊電療，回來以後還用藥膏推了好幾次，其他時間大概都躺在床上休息。以前我練鼓的時候，他都會在旁邊玩Guitar Hero電玩，害我常常被引誘，也偷懶去打電動。今天我終於可以專心練鼓；不過沒有他在旁邊吵鬧，我也是滿寂寞的。

Dani O.S.：其實我也快樂的跟George Kollias偷學希臘髒話！

來去曼哈頓，留下歌聲，
沒帶走一片雲彩啊！

By Freddy @ New York City

今天下午在紐約開記者會，場地就近選在駐紐約台北辦事處的一樓大廳。這是2004年新落成的大使館，相當氣派。

一走進門，左邊可以看到當年的外交部長陳唐山的題字牌匾，令我不解的是，牌匾最下方標註日期除了以民國紀年以外，原本的公元紀年卻被用白色膠帶遮蓋起來，我忍不住想把膠帶摳掉，卻被在旁的公務同仁好言相勸而作罷，實在想不通，在美國的辦事處用公元紀年有什麼不對。

另外還看到了以前中華民國與美國有邦交的時代，「中華民國總領事館」老招牌就被安置在五樓的圖書館。曾經代表中國的「中華民國」招牌，現在竟然是台灣在供奉，歷史真是捉弄人；哪一天要是能看到「台灣總領事館」掛牌，就是我們台灣人揚眉吐氣的時候了！

今天在演唱會場外，我們好幾次被一些熱情的台灣觀光客認出來，還攔路照相，這時我才赫然驚覺，在這個滿街觀光客的超級景點「曼哈頓」，每次都在美國的電影裡面看到很多高樓大廈，時尚男女的「曼哈頓」，我們已經表演兩次竟然都只是來去匆匆唱完就走，連一點紀念品都沒買。不過，有台灣的鄉親提醒我，在台北還有很多「曼哈頓」大樓，我們大概只能回台灣看曼哈頓了，真是滿嘔的！

對了，今天Jesse的背痛好多了，馬上恢復扭力大甩頭，團員們和經紀公司總算鬆了一口氣！我們還有九場演唱會啊！一定要好好撐完！

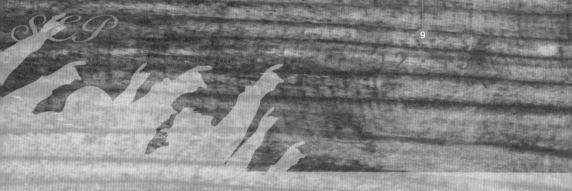

閃靈於九月十二日、十三日在紐約與華府舉行記者會，
以下是Freddy的演講稿。

Freddy Lim / Vocalist of ChthoniC

As a musician, I am here to make noise for my fans. As a Taiwanese citizen, I am here to make noise for my countrymen. I have sung across America for more than 2 months for my fans, and now I will take the opportunity here to speak for my fellow Taiwanese.

Taiwan's sparkling talents range from sculptor Ming Chu, to the internationally-acclaimed director Ang Lee, to the internationally renowned Cloud Gate dance troup, to the Sahara-crossing ultra-marathon runner Kevin Lin, to Major League Baseball players such as New York Yankees star Chien-ming Wang. Taiwan's creative gifts and energy can not be contained within borders or forced to abide by the restrictions of political deal-making. The 23 million people of Taiwan are living diligently and sensibly, with the wish to freely thrive in this world as equal partners on our shared planet. Like the people mentioned above, we are not politicians, and all we can do is to fight our best in our own career, to use the cultural power to fight against Chinese strong military threats, and —— through the artistic language —— to spread ideals that our countrymen believe about how the international society puts limitations on Taiwan.

During our two-month American tour, most fans and media have supported the message that we carry during this tour. At our concerts, the fans show their anger toward those politicians in United Nations by shouting and even cursing; back home, these fans even put their efforts of supporting Taiwan into their daily life, like a report I've just received from a fan who wrote about Taiwan for her Social Justice Action class project to spread the message to her classmates and friends. For these young people, it's very logical and natural to support Taiwan to join the international society and for Taiwanese to share the same international rights that they have, but the politicians in United Nations seem to think it's more logical and natural to sacrifice Taiwan in their political games.

I was impressed by some native American fans in Albuquerque. They said they support us not just because they appreciate our music, but also the message that we carry. They told me that they have been oppressed in the United States for several hundred years. When they realized we are talking about Taiwanese suffering from oppression, they identified with us. While it was glad to hear that our music connects different people in the world, it also made me sad. In the history of human beings, the oppression never stops. Internally Taiwan has this problem, and also we are facing with oppression from other countries. I wonder when we can realize the dream society of the true equality?

A few people have complained that we are too political, but for me, I don't

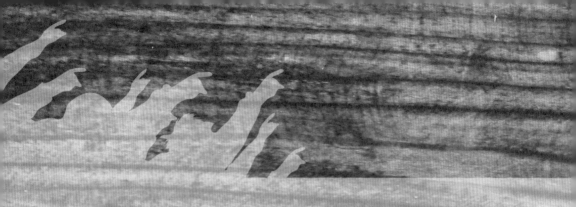

feel anything political in our message. It's a very simple message that we, the Taiwanese citizens, want to have the same international rights as the citizens of America and other countries represented by the United Nations. I don't believe this is too much to ask.

The politicians in the United Nations object to Taiwan's application year after year. But I want to ask them, if the government that we vote for cannot represent us as a member of the United Nations, which one can? I know that those politicians in United Nations are trying to convince the world that, according to their One China policy, the tyrannical Chinese government represents us Taiwanese people. But how can they believe that? As a fellow citizen of a Democratic society, I don't think the Chinese government ⸻ which is not democratically elected ⸻ is even legal to represent their own people in China, but now the UN is saying that they can also represent Taiwan, a democratic society that Chinese Communist Government has never ruled? This insults the democratic ideals on which America was founded. I hope each politician in United Nations votes with their conscience, and does the right thing.

According to the United Nations website, their slogan is UN, it's your world. It should be the world of each human being on the earth, shouldn't it? It's a simple slogan, and we, the Taiwanese citizens, still, still believe in this slogan. That's why we try to join the UN year after year. If the United Nations continues

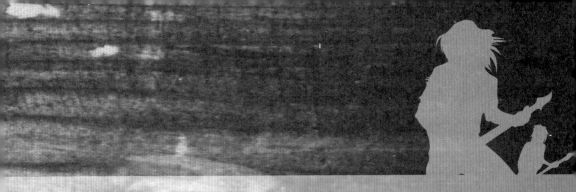

to reject us, please change your slogan. UN, it's hypocrites' world. Or just change the name, no more United Nations, but Divided Nations.

A few days ago, John Negroponte, the U.S. Deputy Secretary of State, said that Taiwan's push for UN membership is "a mistake". I can't believe what he said. The United STATES always considers herself as a role model for freedom and democracy, but now the U.S. is standing alongside the Chinese communist government to threaten a democratic Taiwan and block us from joining the international society. Your ancestors, who risked their lives to fight for independence, would be ashamed. Is this country still the united STATES of America, or just a PROVINCE of China? Is John Negroponte the U.S. Deputy Secretary of State, or a spokesman of China?

Even though we might criticize your government and foreign policy, I'm grateful that America still issued us the visas to play here and express our beliefs. It shows that this is still a Country that supports Democracy and Freedom. I still have faith in your Country, so please support a democratic Taiwan and let the Taiwanese citizens share the same rights as your citizens in the international community. Don't let us down.

Finally, I want to thank our management, PR company, Record Label, booking agent, all the Taiwanese and Americans who assisted us during this tour, and our fans for their support.

去美國沒做白工
總算看到白宮

by Freddy @ 華府

　　許多好萊塢明星、各國政要開記者會的場地華府「國家記者俱樂部」，今天閃靈就在這裡開記者會。

　　今天媒體出席率相當高，記者會進行得非常順利，不過我剛好今天英語講起來滿溜的，除了回答音樂問題和政治問題以外，許多華文記者還來問我英文在哪裡學的，是不是有在美國留學過，這個問題我還真的不知道要怎麼回答，因為我的英文就是在台灣的一般學校學的，也沒有去過補習班，也沒有交過外國女友，大概是經常和外國藝人朋友聊天訓練出來的吧！

　　還有，記者會過程有個一直讓我坐立難安的是，正後方有一面我不太喜歡的中華民國國旗，還有台灣記者問我說：「你不是很討厭這面旗嗎，今天卻坐在她前面？感覺怎樣？」其實我不是對中華民國國旗的美術設計有什麼意見，憑良心講，陸皓東設計的國民黨黨旗也不難看；不過，堂堂代表一國的旗幟，紅色外圍內嵌某個政黨的黨旗，這實在有點不太正常。總不能誰執政誰就把自己的黨旗放到國旗裡面吧，我吃飽太閒亂想了一下，如果紅色外圍內嵌民進黨黨旗，好像紅配綠更怪，哇哈！

　　人生有很多無奈，就像今天我就坐在這面我不喜歡的旗前面，這也是無奈之一，但我相信只要我好好保養身體，不用再等多久，我一定可以看到一面不置入特定政黨圖樣、真正代表台灣的新國旗。

　　記者會後，非常榮幸能跟台灣駐美代表吳釗燮大使，以及美國國家記者俱樂部新聞委員會副主席彼得・希克曼一起用餐，聽了許多在外交戰場上遭遇到許多中國蠻橫要求的經驗，深覺前線外交人員的耐心、毅力真是不簡單！

　　這是這次巡演第二度來到華盛頓，我們特地抽出十分鐘，跑到好萊塢電影裡面常常被炸掉的白宮前面照相，也算是滿盡職的觀光客。今天晚上表演之前，我跟每個團員一一打氣，叫大家衝一下，沒想到大家突然變得超猛，好像把汽車重新保養、換過輪胎一樣，跑起來好順好爽啊！以為都已經快麻木了，卻又完成了一次很快活的演唱會，巡迴的日子真是什麼都猜不準！

心愛的台灣
卻讓人難以專心衝刺事業

by Doris @ Charlotte，NC

　　今天在 Charlotte演出，地點看起來有點偏僻，窗外滂沱大雨下個不停。Ozzfest過後的九月也只剩下一半，團員們很興奮的自製倒數日曆。大家都想家了，我卻沒有這個心情。

　　工作人員有個在加拿大的多年好友原本要來看我們表演，卻臨時取消，她說，因為她男友是外省人，而且我們團「太政治」味了。有半個外省血統的我，遇見這樣的事情，其實是備感無力的。我們在音樂之外所支持的理念，讓我們在台灣受到很多鼓勵，同時也受到許多充滿敵意的對待，這多少會消磨一些意志，但我仍然認為，能夠勇於面對並說出自己的理念，是值得自豪的事。

　　閃靈在這次巡迴打下了很多不錯的成績，但歐美的搖滾市場競爭真是超乎想像的激烈，美國經紀公司認為我們這一兩年的唱片評價、演唱會迴響和媒體反應都非常正面，知名度成功的打開了，如果不能乘勝追擊，會很快就會被淹沒。因此不斷要求我們能夠更積極的經營歐美市場，除了安排明年春天要再回美國巡迴外，包括新專輯的錄音時間也要大幅提前。

　　面對這樣刺激的挑戰，在回國前夕，我的心中卻生出了小小的問號。我們是不是可以無後顧之憂、全心衝刺事業？這在目前看來，似乎還是個遙不可及的夢想。面對國外這樣殘酷競爭的事業挑戰，回到心愛的台灣，卻會遇到更多要讓我們分心、意志消沈的攻擊。這似乎是我們的命運了。

坐在半夜行駛在公路的 Tour Bus上，打開窗看著滿天星星入眠，心裡平靜了許多。偷偷許下心願，希望回到台灣後，也能夠這樣平靜的生活下去。

趕赴台灣入聯遊行
全勤演出紀錄差點破功

by Freddy @ Fayetteville，NC

　　昨天在Charlotte表演大成功，樂迷超級熱情，還有兩、三個groupie上了我們的車子跟我們一起回飯店，不過後續就不像好萊塢電影演的搖滾巨星那樣鹹濕了，我們台灣人可是很拘謹，通常都泡烏龍茶給groupie喝，賀啊！

　　今天演出的城市是在只要三小時車程的Fayetteville，大夥可以睡晚一點，中午十二點再集合，不過我則要趕去機場，飛到紐約參加台灣入聯大遊行，半夜三點半睡覺，五點就起床，真是天殺的，我一起床恨不得馬上打

電話到每一間房間把團員吵醒，給他們Morning Call！

　　三個多鐘頭的交通時間抵達了聯合國哈瑪紹廣場的遊行現場，哇！人比預估的還要多很多，加上奉天宮媽祖、七爺八爺陣頭、高聲歌唱的原住民隊伍、友邦的聯隊……等，聲勢很壯大，走在紐約街頭格外醒目。而這兩個多月巡迴在美國東西南北所遇到的鄉親們也一一出現，為了台灣入聯的理想大家又聚在一起了，真令人感動！

　　不過我還要趕到Fayetteville跟團員會合，因此十二點多就又得趕去坐飛機，抵達Charlotte轉機的時候，竟然又遇到前往Fayetteville飛機班次取消的厄運，航空公司請我在現場等待，他們會安排替代方案，看著時鐘一分一秒流逝，一向很急躁的我更是快要抓狂，這一趟巡迴奇蹟似的沒有錯過任何一個場次，該不會在最後倒數計時的時候破功吧？！

　　好險，這個時候Charlotte的陳先生夫婦成了我的救命恩人，飛車把我載抵Fayetteville。晚上我站在舞台上盡力演唱，心中則不斷的惦記著這對救命恩人，他們正開三個鐘頭的車子回家，我表演完以後，他們都還在半夜的公路上吧！

閃靈小辭典(請參閱P190)

Chthonic

● groupie

在時代廣場逛街
被樂迷認出

by CJ @ NYC

一個月之內第三次在紐約演出，這場表演受到Time Out與Village Voice的重視，紛紛在本週的藝文娛樂節目預告中推薦讀者來參加。

保羅‧麥卡尼前些時日剛在這個演唱會場地「Highline Ballroom」演出過，饒舌界女王「皇后拉蒂法」也將在十月份來演出，它同時也是B B Kings的姊妹店，今年開幕不久，不管是舞台、器材、藝人休息室、觀眾席，看起來都還很新，我們用起來也備感尊榮！

表演前我和Dani、Freddy抽空去時代廣場逛街，逛到一半突然被一個黑人店員叫住，我還以為我亂摸東西要被罵了，結果哇咧，他竟然說是我們的樂迷，馬上拿起相機開始在店內合影起來，接著他跟主管、同事介紹閃靈，我們覺得有點害羞，趕快藉故逃離現場。

由於這場演唱會是在九月十八日聯合國開議之前的最後一場，有許多台灣鄉親參加完十五日的遊行後還留在紐約，主辦人特別邀請了他們來欣賞演唱會，給他們一個重金屬音樂的體驗機會。過去連續幾場演唱會，台下的美國樂迷都會很直接的咒罵「Fxxk China」、「Fxxk U.N.」，今天Freddy在台上特地邀請後面鄉親們跟前排的美國樂迷一起罵「Fxxk U.N.」，原本我還以為這些鄉親長輩們會有點遲疑，沒想到大家都整齊畫一的罵了出來！這也難怪，畢竟台灣是個愛好民主自由與和平的乖寶寶，武器都買防禦性的，只有被人打才用得到，沒能力打人；這樣的國家連續幾年被聯合國與世界衛生組織拒絕在門外，台灣人只是忍不住罵了幾句髒話，而沒有變成像北韓那種恐怖國家，國際社會應該要覺得很慶幸了。

與天團一起遇到鳥事

by Doris @ Montreal / QUE / Canada

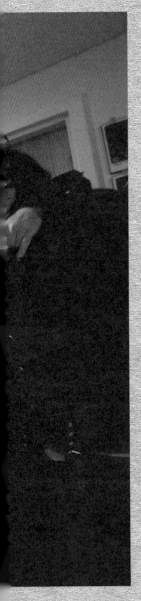

　　在北美巡迴了五十八場表演之後，閃靈最後的四場終於能夠和「Cradle of Filth」一起在加拿大和美國演出。這是在Ozzfest表演期間，由我們的演唱會經紀人臨時加入的行程。我們得知消息後高興不已，因為Cradle of Filth是我們這類曲風的天王級樂團，不但曾經入圍美國葛萊美最佳重金屬樂團，閃靈成軍第一年時就是拿他們的歌曲來練習，幾個團員還曾經特地飛到東京去看他們的演唱會。

　　我們和Cradle of Filth的第一場是在加拿大魁北克，表演場地在著名的「魁北克首都劇院」，這是團員們一致公認最漂亮的城市，附近還有聯合國教科文組織世界遺產「芳堤娜城堡」，結果一到場便得知Cradle of Filth從英國運來的器材型號幾乎都是錯的，這種荒唐事讓他們簡直氣炸，工作人員還緊急和Jesse借吉他音箱，結果彩排就花了一整天，還延後開場時間，連這種資深老牌樂團也會遇到這種鳥事，真的是應驗了「巡迴什麼事都會發生」的魔咒。

　　而我們在這場也遇到鳥事，就是演出時的反應超棒，但演出完才發現攤位人員竟然只賣T恤沒賣CD。商品收入是巡迴樂團的重要血脈，發現狀況的團員當下只能找到二十張左右的CD，一拿出來就在三分鐘內就SOLD OUT，很多樂迷買不到CD就走了，等其他團員找到更多CD時，入場也差不多都散了，害大家得了短暫的憂鬱症。

　　明天還有一場在蒙特婁，大家徹夜檢討了運作方式，一定要扳回一城才行！

蒙特婁樂迷
超死忠，
商品銷售
賣翻天

by Doris @ Montreal, QUE, Canada

116

　　昨天剛結束在魁北克市成功的演出，今天我們回到蒙特婁，當地最大的藝文娛樂報紙《鏡報》（Mirror）封面還以「Made-in-Taiwan Metal」（台灣製造的重金屬）與標題「Beasts from the East」（來自東方的野獸）的全版文章介紹我們。之前就聽說蒙特婁的樂迷是出名的熱情，因此我們還特別安排了簽名會。

　　果然一開場就讓觀眾High到不行，開始舉手吶喊。加拿大的樂迷反應和歐洲樂迷比較像，全場常常整齊畫一的從第一首歌到最後一首歌跟著節奏握拳呼吼，或是形成一個超大的Mosh Pit，大夥兒一起撞；相對的，美國樂迷就比較單打獨鬥，常常突襲式的各自吼叫，或是形成許多圈的小Mosh Pit，一群一群自己撞來撞去。

　　我們在演出時，一起巡迴的Cradle of Filth靈魂人物主唱Dani Filth就站在舞台旁看完我們表演，多年玩團以來崇拜的偶像近距離看著自己表演，感覺真的很恐怖！而當Cradle of Filth演出時，主唱Dani Filth更在台上說：「ChthoniC did a great job! You guys make some fucking noise for ChthoniC!!!!」全場數千人頓時爆出超高分貝的呼喊。讓我回想到在Ozzfest時，美國當紅的「Lamb of God」也在他們表演時叫樂迷一定要來看閃靈表演，這些巨星真是很照顧後輩新人啊！

　　今天我們演出後走到攤位辦起簽名會，這場排隊的樂迷真的超多，而周邊商品的銷售金額更創下六十多場演唱會以來最高的一場，但是這裡的主辦單位和場地抽成也高達30%，真是要命；不過大家全都開心得不得了，加拿大蒙特婁真的是我最愛的城市之一啊！

Sunung O.S.：這裡的觀眾超熱情！
Doris O.S.：該場地前兩天是Beastie Boys表演。
Freddy O.S.：我覺得這裡的樂迷很專業。

美國REVOLVER雜誌邀約
紐約街頭大方拍攝宣傳照

by Doris @ Hartford，CT

　　今天再次回到Hartford演出，這是除了紐約之外，兩個月唱了第三場的城市。演出前我接受一個美國音樂雜誌《REVOLVER》的電話訪問。跟許多台灣的搖滾樂迷一樣，長久以來我都是這本雜誌的忠實讀者，去年底閃靈也登上這本雜誌，而這次知道他們要專訪我，好像「入行」以來沒有這麼緊張過。

　　幾天前他們已經請攝影記者來我們的紐約演唱會，還特地安排在時代廣場的街道和地鐵旁拍外景，攝影師和我們的公關人員引導著穿著表演服的我在紐約街頭穿梭；本來我還滿緊張的，但是當看到不只是攝影師在拍我，連路人、觀光客也都拿著手機圍著在拍時，突然整個心情都放開了，像是站在舞台上的感覺，我懷疑是這六十場演出下來把潛在的表演欲都開發出來了吧！

　　今天的商品銷售成績也很不錯，記得在台北影展看過一部關於美國知名樂團「LUNA」的紀錄片《最後一次搖滾》，影片中團員講到他們的收入除

了演出費以外，商品收入更是重要，當時還有點疑惑，因為台灣藝人、樂團通常並不會很重視商品事務，但是這次巡迴我們看到美國不管大小樂團推出的商品款式都超多，還特別僱用商品銷售人員跟著巡迴，或是由商品公司的人來擺設專櫃，樂迷們也把買樂團商品當作習慣，如果樂迷多、表演成功，商品收入往往比演出收入還多。

另外，Cradle of Filth跟我們巡迴相處幾天下來，逐漸了解了台灣的國際處境，主唱 Dani Filth今天表演時對全場觀眾大喊：「讓我們一起為台灣怒吼吧！」（Let's Roar for Taiwan）全場頓時一片狂吼，每個團員聽到時心中情緒整個都High翻了，剛好今天生日的 Jesse還在演唱會後跑去向 Dani感謝，謝謝給他有史以來最棒的生日禮物。

北美61場演唱會結束！
清空內心猶豫，
迎向下階段的挑戰！

by Freddy @ Burlington · 佛蒙特州

　　夢想曾經感覺很遙遠。記得在十年前閃靈剛組成沒多久，團內開了一次會，要每個團員聊一聊自己對閃靈的期待與夢想，當時的我便說，我要閃靈的音樂能夠發行到國際、閃靈能夠到國際巡迴。而從2000年開始，閃靈跟美國唱片公司簽約、開始到國際巡迴演出，成軍時期的夢想開始實現。

　　2002年，閃靈在美國密爾瓦基金屬節演出並獲得美國樂評評為當屆最佳樂團，我們再次許下願望，要繼續創作好的作品、製作好的專輯、在國際上受到更多肯定，希望將來可以獲得搖滾教父Ozzy Osbourne的青睞，參加他領銜的Ozzfest巡迴演唱會，當時認為若能參與其中一場，人生也就無憾了。現在，我們不但早已唱完二十幾場Ozzfest，還獲得「紐約時報」評為今年Ozzfest的最佳藝人。

　　除了二十幾場Ozzfest以外，這兩個半月來閃靈地毯式的在美加還完成了四十場室內演唱會，從劇院、音樂廳唱到Live House、Pub，從商業都會、工業城唱到鄉村、沙漠。兩個多月來共登上了一百多個美國的藝文、娛樂和主流媒體，奠定了白人樂迷基礎，也累積了許多美國原住民、非洲裔、拉丁裔、亞裔的樂迷。

　　今天我們成功的在佛蒙特州完成「UNlimited巡迴演唱會」北美場次的最

後一場，Cradle of Filth的吉他手Paul特別把吉他送給Jesse當成餞別禮物，並跟我們相約十一月份我們歐洲巡迴時再見。越來越多過去總覺得遙不可及的藝人、樂團，這幾年來不只是跟閃靈一起搭配巡迴演出，還成為一起鬼混的朋友。這最後一場表演，到了最後一首歌〈半屍橫氣山林〉時，我大喊：「這是我們UNlimited北美演唱會場次的最後一首歌！」而台下樂迷也熱烈回應，這兩個多月來、甚至是幾年來在各國演出的畫面突然在心中浮現，而我也濕了眼眶。

　　雖然夢想一一實現，但我們畢竟不是來自國際搖滾音樂版圖上的強國，面對強敵環伺的市場挑戰，在日復一日繁重的演唱與宣傳行程中，團員們也曾經開始猶豫。

　　我們的決心夠堅定嗎？

　　我們還能繼續奮戰多久？

　　然而，信心，往往在樂評、媒體的肯定與樂迷的支持鼓勵中一次次的再次穩固，尤其再看到這次美國經紀公司沒暝沒日的為閃靈工作、台灣僑胞為閃靈傾巢動員相挺、台灣新聞與駐外單位的協助，我們更不會停下腳步，而會以更好的作品、更好的成績，為自己的音樂事業打拚，也為台灣發聲。

　　現在的我們，正從佛蒙特州趕往紐約的甘迺迪機場。坐在一樣的Tour Bus，但是車內雜物都已收拾完畢、行李都打包，而我們內心的雜念與猶豫也已經清空，準備好前進下個階段音樂生涯的挑戰。

Doris O.S.：一直都會有新的夢想要去追尋，這就是我的人生！

{ 歐洲巡迴日記

歐洲，閃靈來了！

by Freddy @ 曼谷轉機，泰國

　　休息了一個月左右，今天我們再次踏上巡迴旅程，目前我們位在泰國的曼谷機場等待轉機。

　　長達兩個半月、六十一場的北美巡迴演唱會，讓團員們的肉體耐力都已接近極限，Jesse背部拉傷、Dani關節發炎，還有團員跟工作人員的耳朵都幻聽了，而我的眼睛長時間帶著不透氧的表演用隱形眼鏡，也開始紅腫、流眼淚。

　　回到台灣這一個月來，團員們把握時間好好休息，身體的狀況也慢慢恢復；但密集表演之後，對於巡迴的生活已經上了癮，一個月沒有表演，有些團員也快悶出病了。

　　上週在高雄參加大港開唱演出，總算稍微紓解了一下表演欲，尤其台灣樂迷似乎被我們美國樂迷的瘋狂程度所激勵，衝撞和甩頭的都比以前更多了，讓我們表演起來也特別暢快。

　　現在，我們終於結束休息，啟程前往歐洲巡迴演唱會的第一站——英國。這將近三十場、橫跨十一國的行程，各國樂迷都已期待多年，我們也做好準備，要讓這些重金屬青年的熱血在寒冬中沸騰了！

16 · 17 · 18 · 19 · 20 · 21 · 22 · 23 · 24 · 25 · 26 · 27 · 28 · 29 · 30 · 31

今年閃靈
要三度登上《Terrorizer》

by Freddy @ 倫敦，英國

　　熱心的台僑社團「英國台灣協會」今天幫我們舉辦了一場記者會。歐美的音樂娛樂媒體多是選擇到我們演唱會現場做實況報導，捕捉一些獨家的花絮，因此，像這樣正式的記者會，大概都以華文媒體為主。不過，今天非常難得，連英國的重金屬暢銷雜誌《Terrorizer》也出席這場記者會。

　　從七月份美國巡迴開始至今，除了娛樂性質的訪問以外，關於台灣受到國際打壓的各種問題已經不知道回答多少次，但這似乎就是台灣人的宿命，在台灣受到國際社會公平待遇之前，一樣的事情、一樣的理念，我們必須一講再講，越來越多人講，讓聲音更大聲、讓更多人聽到。

　　在歐美巡迴演唱，除非你有錢到可以坐私人飛機，否則只有一種選擇，就是睡在車上（當然，車上是有床的）才能夠趕得及每天不同城市的表演，而且場次越多越緊湊，代表越多各地樂迷期待你的演出。華文媒體則常覺得難以置信，總是會問我們怎麼撐過來，有沒有想過要放棄。

　　但其實這就是我們的夢想啊，從《門》《成名在望》《搖滾巨星》等好萊塢電影中看到的巡迴演唱會生活，我們已經嚮往許久；這幾年來好不容易站上這個階段，怎麼可能想要放棄呢？恨不得一年三百六十五天都是過著這種生活！

　今年初閃靈跨頁大篇幅登上《Terrorizer》四月號，接著今年底也會連續報導了兩期。這些國際音樂娛樂媒體的訪問內容就跟華文媒體完全不同了，他們對我們的新專輯充滿好奇，除了期待我們能更密集到國外演出，還想跟著我們一起巡迴幾場，體驗我們的演唱會爆發力。

　沒想到現在閃靈能夠常上這個我從小就愛看的雜誌啊！

Doris O.S.：可是《成名在望》裡面的樂團，最後寧願坐巴士而不要坐飛機巡迴耶？

拜見一代鍵盤宗師
Rick Wakeman

by CJ @ 南安普敦，英國

昨天意外的在演唱會結束後，到隔壁看了Rick Wakeman的演出。

Rick Wakeman是YES樂團的鍵盤手、前衛搖滾風格的泰斗，也是首位結合鍵盤與管弦樂團一起演出的音樂家，在我還沒出生的1971年就出了第一張個人專輯，至今已發行了將近一百張個人演奏專輯，被譽為鍵盤巫師，是全世界最偉大的鍵盤手之一。

多年前在我看過他的演唱會實況影片之後，就深深著迷於他的舞台魅力和編曲能力與技術，對我來說，像他這樣像神一般的人物簡直就是一輩子都遙不可及。當Rick Wakeman演唱會的主辦人知道我就在隔壁演出時，一口答應讓我不但可以免費入場，還可以到後台跟Rick Wakeman見面，一陣前所未有的感動和興奮直衝腦門，這輩子大概從來沒有這種不知該如何呼吸的狀況吧！

進入了後台休息室，看到Rick Wakeman活生生的站在我面前，一時之間支支吾吾忘記怎麼開口說話，趕快深呼吸鎮定下來，跟Rick Wakeman介紹閃靈與我們這次英國巡迴演唱會。他完全沒有巨星的架式，像一個親切的老爺爺與我寒暄，並預祝我們演唱會順利。現在回想起來，仍會懷疑昨天發生的一切是不是一場夢。

由於他的女兒就住在我們今天演唱會的城市，Southampton，他說他的女兒說不定會來，今天在台上表演時，看著台下人海茫茫，我雖然看不出來他們是否真的在場，但是我從頭到尾都很緊張啊！

享受狂歡，
三吋血鼓手樂極生悲

by Sunung @ 邁恩黑德，英國

　　歐洲的演唱會已經到了第三場，若從七月的北美巡迴開始計算，這已經是第六十四場，今年演唱會場次真的多到令人有點喘不過氣。不過從英國場次開始，不但車程比較短，我也不用掌管商品事務，巡迴生活輕鬆多了，還能享受如觀光客般的愜意。

　昨天來到南英格蘭海邊的邁恩黑德參加Hard Rock Hell音樂節。八月底在美國 Ozzfest的演出結束之後，就一直很懷念音樂節的感覺，除了自己要表演，又可以欣賞夢幻般的藝人陣容，還有全天候提供的美味料理，此外，Hard Rock Hell主辦單位還安排藝人住在度假村的豪華小木屋，簡直就是一整個爽！

　雖然昨晚表演出了一點硬體的問題，但是因為待遇和唱酬都不錯，讓我們連續兩天都喝酒慶祝一番，反正酒也不用錢啊！Jesse索性跑出去跟其他樂團朋友把樂器搬出來在小木屋裡面邊喝酒邊吵鬧到半夜五點，弄到連度假村員工都來警告：「This is not a joke！This is a warning！」

　當晚我們其他人則跑去今年在Ozzfest和我們一起演出的加拿大樂團「3 inches of blood」的小木屋和他們聊天，當下他們鼓手Alexei不在，結果在此同時他竟然出了事，因為喝太多造成和別團的人起爭執，混亂中竟然把左手手肘摔斷，害得他們隔天的演出只得取消，包括接下來西班牙的演唱會也取消。這幾場造成樂團的損失過大，Alexei隔天就在醫院被宣告踢出樂團。

　唉，玩歸玩，出門在外，凡事還是要很小心啊！

Jesse O.S.：這是我Tour最好玩的一天，Thrash up the rooms！

NOV

11

01 · 02 · 03 · 04 · 05 · 06 · 07 · 08 · 09 · 10 · **11** · 12 · 13 · 14 · 15

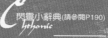

閃靈小辭典 (請參閱P190)
Chthonic

- My Dying Bride
- Twisted Sister
- Saxon
- Tesla

好好照顧身體
繼續鬼吼鬼叫亂蹦亂跳到老

by Freddy @ 邁恩黑德，英國

結束了連續兩天的Hard Rock Hell音樂節，今天只剩下部分藝人、樂團們陸續離開。今天難得有一點清閒，終於可以在離開前抽空逛逛這個場地。

Hard Rock Hell的會場在南英格蘭海邊的遊樂園，主辦單位趁旅遊淡季租下整個包括度假村在內的場地，邀請將近一百個藝人在五個舞台演出，並由歐洲最暢銷的重金屬搖滾雜誌《Metal Hammer》來策畫兩天的主舞台主秀。

第一天主秀節目叫做「信仰捍衛者」（Defenders of the Faith），以九○年代末期至二十一世紀開始蓬勃的極限重金屬風格為企畫內容，邀請包括國際知名的Cradle of Filth、My Dying Bride等，閃靈有幸能獲得肯定，亦被安排在這段主秀演出。

第二天主秀節目叫做「搖滾傳奇」（Rock Legends），以七○、八○年代的老學校（Old School）重金屬為企畫內容，包括Twisted Sister、U.F.O.、Saxon、Tesla都是二、三十年歷史的搖滾活化石。

老實說，今年夏天看到Ozzy老態龍鍾的表演，心裡真的是捏了一把冷汗，但昨天看到了年過半百的Twisted Sister主唱Dee Snider在舞台上又蹦又跳，甩頭與唱功都絲毫不輸給新進樂團，我突然有種安心的感覺；我，只要好好照顧身體，還可以繼續做這種激烈的音樂到五、六十歲吧?!

Sunung O.S.：加油!! 50歲再來表演!!
Doris O.S.：我們的攝影師Dave馬上介紹他的代打好友給三吋血，讓他們完成了英國最後一場演出。

135

斯溫登演唱會
意外狂High

by Freddy @ 斯溫登，英國

　　昨晚的演唱會在斯溫登（Swindon），司機Dave趁白天空閒時間帶我們到距離會場不太遠的巴斯古城一遊。巴斯是英國唯一有溫泉的地方，兩千年前受到羅馬帝國青睞而建城，並創設了深具特色的羅馬礦泉浴，因此被命名為巴斯（Bath）。

　　聯合國教科文組織將整座巴斯古城評為世界文化遺產，一個下午我們逛了皇家新月建築、礦泉供應室（Pump Room）、普爾特尼橋、巴斯修道院等古蹟。長久以來，我就一直希望能當個歷史學家，在緊湊的巡迴演唱會行程中，能夠實際體驗各地的歷史名勝，真是值得。

　　結束巴斯古城之旅，我們抵達了斯溫登的演唱會場「Riff Bar」。我們原本計畫昨天是休息日，但是大概出發來歐洲前不久，斯溫登的演唱會製作人極力邀約，他說在斯溫登也有一群閃靈的死忠樂迷，希望我們一定要去，由於表演會場很小很古怪，經紀人原本是想推掉，但最後因對方盛情難卻，還是決定接下邀演。

　　這個場地果然相當溫馨，二樓就是場地老闆的家，休息室就是他們的房間，他們還準備超棒的印度咖哩飯給我們吃。在這個又小又窄的酒吧場地擠滿了近百人，許多死忠樂迷早就穿著閃靈的T-Shirt來，還跟著歌詞唱；另外，有個曾跟我們前鼓手阿哲學鼓的台灣男生，因為在巴斯念書，也特地來看我們演出，在異鄉遇見台灣人覺得還真是溫暖！

　　這場表演雖然是我們在英國六場演唱會中最小的一場，但卻是截至目前最爽的一場，與樂迷互動超好，隨團經理看了覺得我們好像在台上帶動金屬健康操，台上台下一致的甩成一片「髮海」。真是不能小看不起眼的小城鎮，好險當初沒有推掉這場，不然就損失了一次美好的回憶！

Sunung O.S.：在英國吃到的咖哩飯都超棒的！
Jesse O.S.：有一種像在自己家樓下表演的感覺啊～

Labas, Lithuania !

by Jesse @ 維爾紐斯，立陶宛

　　清晨在倫敦Stansted機場準備登機，托運的樂器又超重了，多花了四萬多台幣；而且這個機場的安檢龜毛死了，我們只是把一些隨身樂器擱在牆角，馬上就有警察拿著機關槍包圍起來，CJ去認領還差點被當成炸彈客，盤問了許久。

　　一上了飛機，睡三小時就到立陶宛了，我一下飛機看到遍地的雪都快嚇死了，這是我們東北歐巡迴演唱會最南的一站，接著一個多星期要一路往北唱到芬蘭的中部，這種冰天雪地真的有樂迷在等著我們嗎？我心中其實很不安。

　　演唱會場是一個以前立陶宛共產黨工聯的大會堂，後台的浴室竟然沒有熱水。而Freddy竟然不顧零度的氣候就去洗冷水澡，雖然他洗完以後故作鎮定，我猜他在裡面其實一定洗得很痛苦。如果接著一個星期都沒有熱水，那我就一個星期都不洗澡！

　　表演前我們在外面的餐廳吃飯，有個當地樂迷認出我們，恐怖的是都叫

得出每個團員的名字,還一直用生硬的英文拜託我們唱他們最喜歡的幾首歌。

　　表演之前,我們全部團員在後台都快凍死了,但是一上台,在Freddy一句:「Jesse Labas, Lithuania!」(你好,立陶宛!)之後,台下爆滿的樂迷也都瘋狂了,我也不管低溫,開始車輪大甩頭,包括〈大出草〉〈半屍橫氣山林〉等樂迷最愛的歌曲出現時,我更感受到來自台下的恐怖爆發力,大家都在怒吼一堆我聽不懂的立陶宛語啊!

　　演唱會後,我已經完全沒有早上剛抵達立陶宛時的不安,興奮的迎接接著還有六場的東北歐演唱會!哈哈!

Jesse O.S.：這裡很冷,但是這兒的妹很正喔!
Doris O.S.：大家穿表演服時一直慘叫超丟臉的,因為衣服整件都是冰的!
Freddy O.S.：我竟然去過立陶宛……

在拉脫維亞自由碑前
手牽手，內心澎湃洶湧

by Freddy @ 里加，拉脫維亞

　　你曾經在地圖上注意過東北歐的「波羅的海」嗎？她的東岸有三個國家，分別是愛沙尼亞、拉脫維亞和立陶宛。國中時代學到這個區域的地理歷史，總是很難把內容塞到腦袋裡，對我而言，這是地球上的一處神秘角落。

　　這個神秘的角落曾經啟發台灣人民於2004年發起「牽手護台灣」的運動。

　　1989年的8月23日，從愛沙尼亞首都塔林的歌謠祭廣場，經拉脫維亞首都里加的自由紀念碑，到立陶宛首都維爾紐斯的鐘塔，這三個當時仍屬於蘇聯領土一部分的三個國家，總共有兩百萬人的手牽在一起，稱為「波羅的海自由人鏈」，向蘇聯嗆聲要求獨立建國，並於後相繼以公民投票的方式宣布獨立，蘇聯不敢以武力鎮壓，只能承認，美國也從不支持轉為公開支持。

　　台灣雖然已經是個獨立的國家，不像波羅的海三國當年仍然是蘇聯一部分，境內都是蘇聯軍隊，但是中國仍然以大規模的飛彈瞄準台灣，並繼續荒謬的宣稱台灣是他們的領土；於是台灣人民效法波羅的海自由人鏈，在

2004年的2月28日有兩百萬人民站出來，在台灣島的西岸手牽手，向中國表達我們捍衛國家的意志。

那是一個令人感動的時刻，我們雖然不能靠一次行動就改變中國對我們的野心，但是當我與兩百萬人一起牽起手時，我感受到了台灣人民靈魂凝聚在一起，我們用和平的方法來對中國，甚至是全世界，表達台灣人民的決心。能夠生長在這個時代的台灣，我真的很驕傲。

今天，在演唱會開始之前，我們特地到當年波羅的海兩百萬人手牽手的人鏈中心點──拉脫維亞自由碑，團員們一起在這前面手牽手，感受1989年兩百萬人心的激昂。

閃靈，能夠在這個神秘的角落擁有樂迷，能夠在這邊演出，實在很幸運。

Jesse O.S.：我都快忘了自由碑長怎樣，我只記得附近麥當勞樓上都坐了一堆模特兒，男的俊，女的美！
Freddy O.S.：我竟然去過拉脫維亞……

141

終於踏上龜毛愛沙尼亞
擄獲嗆聲樂迷

by Doris @ 塔林，愛沙尼亞

　　終於來到波羅的海三國的最後一站──愛沙尼亞，想到一個月前在日本辦這三國的簽證時，第一關就被愛沙尼亞駐日使館擋下來。愛國駐日領事以我們資料不全為由拒絕發簽證，而愛沙尼亞的簽證拿不到，立陶宛和拉脫維亞的簽證也無法辦下來。回去補件又不像從內湖到忠孝東路這種距離，而是要坐飛機回台灣，實在所費不貲啊！後來轉交我們巡迴經理大雄二度赴日辦理，也被搞笑又奸詐的領事盧了半天，才在赴歐的前一天拿到簽證趕回到台灣，把所有人嚇出一身冷汗。

　　千辛萬苦拿到最龜毛的簽證，今天我們終於踏上愛沙尼亞，結果不是把握時間找道地料理，卻跑去一家叫做「筷子」的餐廳，吃到歐洲行以來的第一道東方料理：炒飯、炒麵，不過這裡當然沒有台灣肥肥胖胖又可愛的蓬萊米，而是用泰國乾乾粉粉的長米，堆在大碗公裡像小山一樣，實在讓人難以習慣。

　　我們在東北歐的行程是跟一個瑞典樂團「Marduk」搭配演出，今天我們上台的時候，有幾個Marduk死忠樂迷故意擠到前面嗆聲大喊：「Marduk」。對身經百戰的我們來說，這種狀況已經不太在意了，因為通常在我們第一首歌結束後，這種人都會變成喊我們的團名，滿有趣的，也很有成就感。

　　果然，我們開場歌曲〈黥面卸〉一結束，這些人瞬間死命在最前面卡位，把手伸上舞台摸我的腳，一直吼著ChthoniC，我們在前排攝影的工作人員也被這些抓狂似的樂迷推擠到後面。表演結束後，有團員到門外抽菸透氣，當地女樂迷湊上去圍著拍照，讓他們樂不思蜀。在這樣陌生的國家，有喜歡自己的樂迷感覺很奇妙，有個立陶宛男生跑來對我們說：「今天看完閃靈演出就可以回家了！」外國人的表達還真是直接啊！

Jesse O.S.：那天會後Party喝得很醉，和Hell Box的吉他手Peter兩人一路跌跌撞撞差點找不到回車上的路……

143

NOV

01·02·03·04·05·06·07·08·09·10·11·12·13·14·15

外冷內熱的
芬蘭土庫重金屬樂迷

by Freddy @ 土庫，芬蘭

　　波羅的海三國演唱會的樂迷都很熱絡，甩頭、衝撞統統來，我還以為住在天氣冷的國家需要劇烈運動來暖身體，沒想到今天來到更冷的芬蘭土庫市，樂迷的反應卻出奇的冰冷。

　　暖場的芬蘭團Hellbox演出時，所有的觀眾都擠在門口附近有座位的地方，讓表演者尷尬的面對空蕩蕩的台下表演；而閃靈與Marduk表演時，樂迷們慢慢移動到台前了，但也只有前兩排的人跟著甩頭，其他人簡直像是死魚一般，唯一反應就是每首歌結束時會一起鼓掌歡呼。

　　在地的樂團跟我們說，這裡的重金屬樂迷一向是這樣，他們表達熱情的方式就是鼓掌歡呼。過去我一直以為東亞的樂迷最「冷靜」，沒想到在歐洲還有「冷酷」的樂迷。

　　演唱會結束後，團員們都覺得滿空虛的，決定到隔壁的餐廳大吃一頓，裡面竟然在播MTV台的Head Bangers' Ball節目。這是MTV台一個很老牌的重金屬節目，我小時候一定按時收看，後來有MTV中文台以後，這個節目就消失了。現在隨便就在路邊中東老伯開的Pizza快餐店就可看到Head Bangers' Ball，突然又愛起了土庫市，啊～他們內心還是很喜歡重金屬的！

　　果然，回到Tour Bus上，聽我們的隨團經理說，今天周邊商品賣得嚇嚇叫，原來，這些樂迷也是燒底的啊！

145

我的技術助理竟然是
Lost Soul的鼓手Adam！

By Dani @ 坦佩雷・芬蘭

今天我發現了一個天大的秘密。

從立陶宛開始，每天幫我搬鼓、裝鼓、調鼓、拆鼓的技術人員，竟然是Lost Soul的鼓手Adam，而另外一個舞台工作人員就是他們的吉他手Piotr！

當我聽到這個消息時，簡直是嚇得我屁滾尿流、滿地找牙。幾年前在雜誌上一發現這個來自波蘭的樂團「Lost Soul」，上網試聽了幾首歌曲就奮不顧身馬上郵購了幾張他們的唱片，一直都愛不釋手。原來他們除了自己樂團的工作以外，也因為技術受到肯定，常常被聘請擔任演唱會的樂器技術人員。這次能夠有他們幫閃靈工作，實在是我們的榮幸。

下次如果我的偶像Devil Driver或Lamb of God這幾個樂團要來亞洲巡迴，我一定要自告奮勇擔任他們的技術人員！

Dani O.S.：正所謂人不可貌相啊！

*C*hthonic 閃靈小辭典(請參閱P190)
- Lost Soul
- Devil Driver

147

接近北極圈的驚艷

by CJ @ 庫奧皮奧，芬蘭

　　今天我們在北緯63度的庫奧皮奧市，而北緯66度就是北極圈的邊界了。

　　在芬蘭的日子過得很莫名其妙，早上九點多天才亮，下午兩點多就看到夕陽了，而且有持續被催眠想睡回籠覺的感覺。除此之外，這幾天在路上也不斷看到大大小小的湖泊，突然想到國中的地理課本有教，芬蘭是「千湖之國」，其實有十八萬個湖泊！以前我還以為這個距離台灣遙遠如天邊的國家，課程內容考過就可以忘記了，沒想到我們現在親身來到這裡，從七月份的美國亞歷桑那沙漠唱到現在的芬蘭北極圈。

　　昨天有個電視節目的訪問，主持人特別提到，在閱讀台灣的歷史之後，他非常感同身受。芬蘭一樣是小國，曾經受到瑞典、俄羅斯等多次外族的入侵與殖民，祖先一直被斯堪地那維亞的「統一意識」所左右，以為自己是瑞典人，甚至不好意思說芬蘭語。二十世紀之後才獨立，並慢慢建立自己的認同感，九〇年代才步入民主化。

　　現在芬蘭跟台灣一樣，都是高科技、網路普及率很高的國家，而我們跟他說台灣最近有本暢銷書《芬蘭驚艷》，每個芬蘭人聽到的表情都是驚艷不已，直問裡面都在寫什麼，連他們都很好奇！

Doris O. S.：芬蘭樂團真的超愛喝酒，早上起床還沒刷牙洗臉就可以先喝酒，沒吃飯
　　　　　　　也可以只喝酒……

149

火車開入郵輪內
嚇得以為精神分裂

by Freddy @ 丹麥哥本哈根前往德國漢堡

　　睡夢中突然驚醒，人坐在火車內，起身巡察看看前後幾個車廂，竟然除了團員以外沒有其他旅客。

　　火車靜止不動，但有一種搖晃的感覺，窗外看起來一點都不像是終點站——漢堡，反而像是在船艙內。我們趕緊衝出車廂外，順著逃生梯一路往上爬，到了頂樓門一打開，竟然又變成郵輪，四周都是大海！這是什麼恐怖片！該不會我們這兩天巴士、火車、郵輪交替乘坐，終於精神分裂了吧？

　　趕緊拉來一個路人詢問，原來這班開往漢堡的火車，會開入郵輪內橫渡費馬恩海峽，旅客們早已遵照車長的指示，在進入船艙後就下車到郵輪上

到處散步、購物、喝咖啡了。

　　從芬蘭赫爾辛基演唱會結束之後，我們正式結束東北歐演唱會的行程，要轉往德國繼續準備中歐巡演。先搭兩個鐘頭的巴士抵達芬蘭土庫港，再搭十一個小時的郵輪抵達斯德哥爾摩、轉八個小時的夜班臥鋪火車到馬爾默，接著轉車半個小時抵達哥本哈根，最後再搭五個小時的火車前往漢堡。加上候車的總交通時數快四十個小時。經過這樣折騰的我們，撐到最後這段車程都昏昏沉沉，哪聽得到什麼車長指示，哪知道火車會開進哪裡啊！

　　好險我們意外的驚醒了！要不然就錯過了這火車在郵輪內的神奇航段！

Jesse O.S.：那天我都一直昏睡到火車到站，沿路發生什麼事都不知道……

既然德國香腸這麼有名
就給他一次機會

By Dani @ 漢堡市．德國

　　經過了四十個小時的折騰，昨晚一抵達德國漢堡市，當地的RJ大哥便接我們到住宿的地方，還有台灣朋友已經在廚房幫我們準備了一鍋滷肉與熱騰騰的白米飯，吃沒幾口我們馬上活了過來！

　　我們接著要在漢堡休息一個星期再踏上中歐的巡迴之旅，原訂計畫是趁這幾天趕工寫歌，昨天我滷肉飯吃得太爽，今天一早起床就亢奮得想出門去逛街了。不過在出門之前，還是先把我一頭雜髮推一推。

　　漢堡是德國第二大城、也是歐盟第六大城，在歐洲有舉足輕重的地位。走到市中心，可以看到由五座教堂勾勒出來的漢堡天際線；難得可以好好逛街，結果還沒買什麼東西就又嘴饞，我們被德國香腸攤販四溢的香味給吸了過去。從七月份美國巡迴以來，已經吃遍了歐美各國的香腸，味道實

在難以跟美味的台灣香腸相比,看到這類食物本來沒有興趣,但是德國香腸畢竟名揚國際,而且飄出來的香味頗誘人的,就給它一個機會吧!

一口咬下去,真是天殺的好吃!昨天吃台灣滷肉飯、今天吃德國烤香腸,接著幾天如果都吃得這麼爽,我們的能量一定會充爆,中歐的演唱會又可以火力大開了!

厚植文化實力，
讓台灣創作音樂如猛虎出柙，
在全世界發聲！

By Freddy @ 漢堡市，德國

　　聽朋友們說，我們剛出發抵歐巡迴的時候，台北的幾個媒體提到我們這
趟歐洲巡迴沒有政府補助，幫我們用大篇幅「報」不平。

　　我們當然很感謝媒體們的肯定，但我們更想討論的是台灣的文化主管機
關對於流行音樂缺乏進步的管理、補助與獎助辦法。

　　在十月份的記者會中，我們已大略提到台灣政府對於電影的管理、補助
與獎助辦法雖然仍有許多進步的空間，但包括對於補助優秀影片的拍攝、
獎助獲得國際肯定的電影……等等，都已經有一套辦法，電影圈還可以針
對這套制度來討論如何進步；而表演藝術、傳統音樂也都有類似的辦法，
相較之下，流行音樂則不但受到忽略，連隸屬的主管機關也不明確，許多
可供舉辦演唱會的公家場地守著陳舊的管理辦法不放，於是，場地越蓋越
多，但是堪用的永遠只有少數幾個。

　　我這幾年來與許多樂團、音樂人、策展人多次串聯，整理歐美各國對於
流行音樂的補助、獎助以及管理辦法，提供給政府建議、壓力，黑臉白臉
我都當過，但是相關政策、法令的建構速度仍如牛步。

　　其實，台灣既然在政治上備受國際打壓，更應該將更多資源投入文化領

域，尤其這幾年來有越來越多台灣青年投入搖滾、民謠、嘻哈等各種風格的創作，在音樂領域的基層可以感受到一股越來越大且多元的創作能量，他們未來可能就像猛虎出柙一樣在全世界為台灣發聲。但是，這必須要有足夠的資源來厚植台灣的多元音樂文化創作實力，因為，光是喊「愛台灣」是不會獲得國際肯定的。

　不過，從事電影、音樂等文化事業，總是要到處試著爭取贊助、補助，或是廣告行銷合作，這是我們工作的一部分，觸礁也是家常便飯，不用強求，只要實力獲得肯定，機會就會越來越多。閃靈這幾年來獲得Mapex、Caparison、Ibanez、Dunlop、Remo、Zildjian……等知名樂器廠商的代言合作，七月美國行程獲得政府的部分補助、歐洲行程亦有長榮航空的支持，還有旅外台灣鄉親與社團的各種強力支援，能得到這些肯定與支持，我們實在相當感謝。

155

漢堡紅燈區的皮條客怎麼一直說「打洞」？

by Sunung @ 漢堡市．德國

　今晚，旅居德國的盧先生夫婦帶我們去一家東亞料理連鎖餐廳「BOK」用餐，這是我們十一月份抵歐以來吃過最棒的東方菜了，無論是泰式椰汁咖哩還是日本酪梨手捲，當每樣菜進到我的嘴裡時，我簡直就要像將太一樣頭頂發光了！

　在友人力薦之下，用餐過後我們便決定去德國最大的紅燈區開開眼界。在這些聲色場所的外面都有個伙計在外面攬客。看到我們一行亞洲人走過，紛紛開始講華語、日語、泰語或韓語來吸引我們，只是他們的華語招呼語很怪，都是說「打洞、打洞」，這真令人不知道該說什麼才好。也許他們該說點台語會覺得比較親切。

　接著迎面而來有成群站在路邊的流鶯，每個人的裝扮都是厚底鞋、緊身牛仔褲、大外套再外加一個霹靂腰包，一批金髮娘子軍雖然不養眼，但數大便是美，看起來滿壯觀的。最後到了最精華的櫥窗女郎地段，Doris和女性工作人員被禁止入內，只剩下男性團員進去掃街一下。站在櫥窗裡面的女郎不只是穿著清涼，甚至還激凸，不過想想在台灣的檳榔西施好像更誇張，就也沒有覺得特別新奇了。

　逛不到兩分鐘就走完了櫥窗女郎區，在前往地鐵站準備回家的路上，友人竟被兩個流鶯攔住，恐嚇說：「你要就跟我們兩個女人上床，要不然就等著腿被打斷！」友人急中生智回應：「我現在沒有體力『再』跟兩個女人上床。」對方聽了也只好自討沒趣的離開了。

　這種地區還是滿危險的，一時好奇逛街見識一下也可能惹到麻煩！

CJ O.S.：他看我們聽不懂，還反過來說：「洞打、洞打！」
Doris O.S.：我覺得其實台灣的檳榔西施比較有看頭！
Freddy O.S.：洞打，洞洞打！

台灣人的
第四強項：搖滾

by CJ @ 漢堡市，德國

　　這一兩年來，閃靈大部分時間都是在國內外奔波演出。不過，在各國樂迷和經紀公司的聲聲催促下，團員們最近也有了準備新專輯的壓力。

　　2005年底我加入閃靈的時候，第四張專輯《賽德克巴萊》已經發行，之後雖然為了歐美唱片公司發行精選輯有重錄幾首舊曲，但是跟團員們準備一整張新專輯，對我而言還是全新的體驗。從美國巡迴結束後，Jesse就常常拿吉他寫新的Riff，Freddy則到處蒐集台灣歷史、神話和傳說等各種資料，編撰新專輯的故事結構，即使現在在歐洲巡迴，大家也是整天都重複聽幾段寫好的旋律，都快精神耗弱了。

　　今天我們決定到住所附近的社區散步，放鬆心情、整理靈感。走著走著，看到一個咖啡店裡面竟然有桌球檯，那邊德國青少年實在打得很爛，Dani與我決定展現實力好好教導他們如何打桌球，而其他的團員們則紛紛坐下來打開電腦開始做各自的事情。

　　不一會兒，突然有個中年婦人來跟我們聊天，原來這裡是Burgwedel社區青少年活動中心，她說德國人印象中的東方人不外乎三件事，一是很會打桌球，二是很會用電腦，三是數學很好，沒想到我們一進來就狂打桌球又狂用電腦，害她也想測試我們的數學實力了。

　　後來，他們知道我們其實是來德國開演唱會的台灣重金屬樂團，開始上網嚷著要聽我們的音樂，也要來看我們的演唱會，還熱情的跟我們交換MSN、E-mail。我們台灣人除了他們印象中的東方人三強項以外，還會玩搖滾。

　　而且，其實我們的數學很爛，好險她沒考我們！

　　因為我們數學老師時常請假……

（請參考Youtube： http://www.youtube.com/watch?v=dzKPnNvYQUA）

閃靈小辭典(請參閱P190)
Cthonic
● Riff

陌生的城市、熟悉的名字

by Freddy @ 波茲坦，德國

　　波茲坦，是個陌生的城市，來到這裡卻挑起了我高三畢業那年夏天的回憶。波茲坦和開羅一樣，我之前都沒去過，卻從小就銘記在腦海裡。

　　小學、高中的時代，歷史課本一再的告訴我們，二次世界大戰期間，中、美、英三國簽署了開羅宣言，決定戰後台灣的主權應從日本轉交給中國，之後又有波茲坦宣言追認了開羅宣言的效力，這是我對波茲坦這個名字唯一的印象。我當初也因此深信台灣是屬於中國的。

　　高三畢業以後，開始閱讀更多課外讀物，知道有些實事求是的台灣人，遍尋中、美、英的條約集，都找不到「開羅宣言」，於是發函給中、美、

英三國的外交部詢問「開羅宣言」原件，結果沒有任何一國拿得出來，最後只找到一篇像是新聞稿的東西，也沒有任何人簽署，根本不是一個有各國元首簽字的宣言或條約。這是我當年夏天最大的一個震撼，連一個宣言都可以公開扯謊，這些教材到底還有多少可信度呢？

開羅宣言已被證明是個「開羅謊言」，台灣也已民主化，不會坐視台灣主權讓中國或其他外國政府插手。

除了開羅宣言以外，現在想想，其實當年教材還有很多謊言，例如某人都去溪邊看魚兒逆流而上，於是他就變成偉人；或是有個婦人夢到被一尾活龍上了，過不久她就生下一個皇帝……等，我們的青春歲月竟然就被迫閱讀這些垃圾，今天踏上波茲坦演出，心中無限感慨；下次要是有機會去開羅，我也要拍一張像是「開羅宣言」那樣的情境，模擬照片來留下紀念了。

161

百鍊成精
化身賽德克戰士

by Jesse @ 英戈爾施塔特，德國

　　在台灣表演的時候，搖滾樂迷總是覺得閃靈的表演已經超有爆發力了，但是這幾年在各國演出磨練下來，每天總會發現還有需要進步的地方，不只是舞台動作，連化妝也會不斷有新的靈感。

　　這幾天我心血來潮，在額頭與下巴都畫上一槓賽德克族的紋面，成為最新的表演妝。我有卑南族血統，就是一臉原住民樣，團員們常常都覺得我的輪廓深，不管畫什麼妝都好看，沒想到畫了賽德克族的妝不只好看，還像個戰士；濁水溪公社的小柯有說過：「原住民最屌！」我雖然沒有最屌，身為原住民還是覺得挺光榮的。對了，台灣在和日本比賽棒球時，台灣球迷應該拿賽德克戰士「莫那魯道」像出來，保證把日本人嚇死！

　　我們在德國的演唱會場場爆滿，樂迷反應也都超High，今天在英戈爾施塔特，雖然這是個只有四百人的小場地，表演到後來樂迷竟然一起齊聲吶喊：「TAIWAN！TAIWAN！」這一刻讓我們全團都感動不已，是德國開唱至今最爽的一場。其實表演這種工作真的很神奇，明明每天都是一樣的曲目，卻不會變成例行公事，只要站上舞台，全身的表演細胞就燃燒了。

　　前幾天Freddy沒事又開始算今年的演出數量，竟然真的已經到達九十幾場了，我們決定把第一百場留在台灣，一定要讓大家看到百鍊成精的閃靈啊！

16·17·18·19·20·21·22·23·24·25·26·27·28·29·30·31

閃靈小辭典(精選自CP191)

Chthonic

莫那魯道

國國有本難念的經

by Freddy @ 奧斯納布呂克，德國

　　今天的演唱會位在一千兩百年歷史的德國古城奧斯納布呂克（Osnabrück)，這一帶就是電影《神鬼戰士》（*Gladiator*）中，羅馬帝國與條頓人發生戰爭的古戰場，不過這跟我無關，什麼都沒逛到，我是個趕了九百公里的路途忙著準備演出的旅人。

　　前兩天有個專聽「原始黑金屬」的德國樂評家Daniel Spilmann來演唱會現場訪問，他說由於閃靈被歸類為交響黑金屬，因此他一開始並不特別想接觸閃靈的音樂，但後來他聽到閃靈獨具的台灣特色之後，就被吸引了，他認為閃靈的重金屬不能被隨意歸類到西方的重金屬類別，這是一種獨有的台灣風格。

　　尤其他還很羨慕閃靈能夠在音樂中寫到自己國家的神話與歷史，並公開捍衛人民的權利、表達對國家的感情；他身為一個帶有二次世界大戰原罪的德國公民，只要碰觸到國家、人民，就算只是文化藝術層面，都還是會有許多忌諱。

　　台灣人面對中國蠻橫打壓的國際局勢，必須大力對外發聲，竟然也能讓德國人羨慕。不過反觀這段時間一起巡迴的芬蘭樂團Ensiferum，每天都穿著特製的芬蘭國旗裙子演出，也讓我心中充滿著羨慕與嫉妒之情啊！誰叫我們的國旗仍舊是舊時代下黨國不分的國旗，看到都覺得有點怪怪的，有的時候會搞錯以為誰拿了一支黨旗出來。雖然我已經抱怨好幾次，還是忍不住要大嘆三聲啊，唉！唉！唉！

　　真是國國有本難念的經。

閃靈小辭典(請參閱P.214)
Chthonic
交響黑金屬

格林童話超血腥！
終於來到吹笛人帶走小孩的城鎮

by Doris @ 哈梅林，德國

昨晚演出完在車上聊天時，德國技師跟我們說今天表演的城市，就是著名格林童話「吹笛人」（The Pied Piper）帶走一百三十個小孩消失在森林的發生地點「哈梅林」（Hamelin）。

我一直覺得德國格林童話都滿血腥的。我還記得小時候看一個「藍鬍子」的故事，女孩打開一扇被囑咐不能開的門時，竟然看到被她伯爵老公吊死的一堆前妻……我嚇到連作

好幾天的惡夢。這個吹笛人的真實故事也是挺邪門的，1284年的時候，哈梅林鼠滿為患，一位吹笛人說他可以滅鼠，但代價是大筆金額的報酬。鎮民答應，吹笛人吹著笛子……老鼠就像著魔一樣跟著走到河裡淹死。結果鎮民竟然反悔不給吹笛人報酬，吹笛人就在一天夜裡吹著笛子……鎮上所有小孩子跑出來跟著笛聲消失在森林裡。雖然說1284年官方記載鎮上當時真的有一百三十個小孩子失蹤，有人說是因為當地貧困謀生不易，因此離開前往他處另謀新天地，但我想再怎樣一百三十個「小孩子」會「集體離開」，而不是由大人帶著離開，也真的是一件很詭異的事啊！

　　我們走在這個充斥著古老建築街道的老城，也就是傳說當時吹笛人帶走小孩走過的地方，這裡現在正在舉辦聖誕市集，到處都是香噴噴的德國香腸、棉花糖，我看到一家很多老阿嬤在吃肉圓跟包子的小鋪，當下就覺得識途老馬的選擇不會錯，馬上跟進下單，白嫩的包子外皮淋上香甜奶油醬，外表真是秀色可餐，想不到一入口，包子裡溢出來的餡竟然是梅子醬，混合了耐人尋味的香草奶油醬後，入口的感覺只有胸口發悶，還以為自己吃到小孩肉包子，超恐怖的啊！

Sunung O.S.：妳居然相信老阿嬤的眼光！
Dani O.S.：吹笛人很適合玩goregrind！
Freddy O.S.：Dani可以組一個goregrind團，加入吹笛手～

閃靈小辭典(請參閱P191)
Chthonic
● goregrind

連續三天洗冰水澡，
搞屁啊！

by Dani @ Vosselaar，Belgium

　　比利時啤酒前幾年在台灣流行起來，今天的演唱會就在比利時的 Vosselaar，我們特地多喝了好幾瓶啤酒嚐看看在地口味，結果真奇怪，還是覺得在台灣喝的比利時啤酒比較好喝；也許是我們遊子思鄉吧，覺得什麼東西都是台灣的比較好。好險，今天有住在比利時的台灣朋友們特地帶油飯跟肉羹給我們吃，真感動！

　　今天的演唱會場是比利時相當有名的「Biebob」，近期演出的包括 Megadeth、Mayhem、Therion、Saxon、Black Dahlia Murder的演唱會都在這裡辦，應該設備都相當精良吧！結果，在台上台下賓主盡歡的演唱會之後，正準備到後台的浴室打算好好的享受洗澡時光，可惡，竟然沒有熱水！不對，連冷水都沒有，只有冰水！

　　氣死我了，我們從前天在德國哈梅林到現在已經連續三天都洗冰水澡了，而且我都是排在第一個洗澡順位，連續三天都是衣服脫光了水淋下去

才發現是冰水，腳一碰到就幾乎要抽筋想溜都來不及，幾個怕冷的團員每每聽到我的哀號聲就決定不洗了。哎喲！都已經快冬至了，冷得要死沒有熱騰騰的湯圓可以吃就算了，這種所謂先進國家，他們蓋個浴室還沒有熱水，到底是在幹嘛啦！

Jesse O.S. ：真的是冰到要中風……
Doris O.S. ：那冰水有沒有1度啊？
　　　　　　我拿蓮蓬頭起來沖頭髮時都有一種快休克的感覺……

閃靈小辭典(請參閱P191)
Chthonic

o Megadeth
o Mayhem
o Therion
o Black Dahlia Murder

169

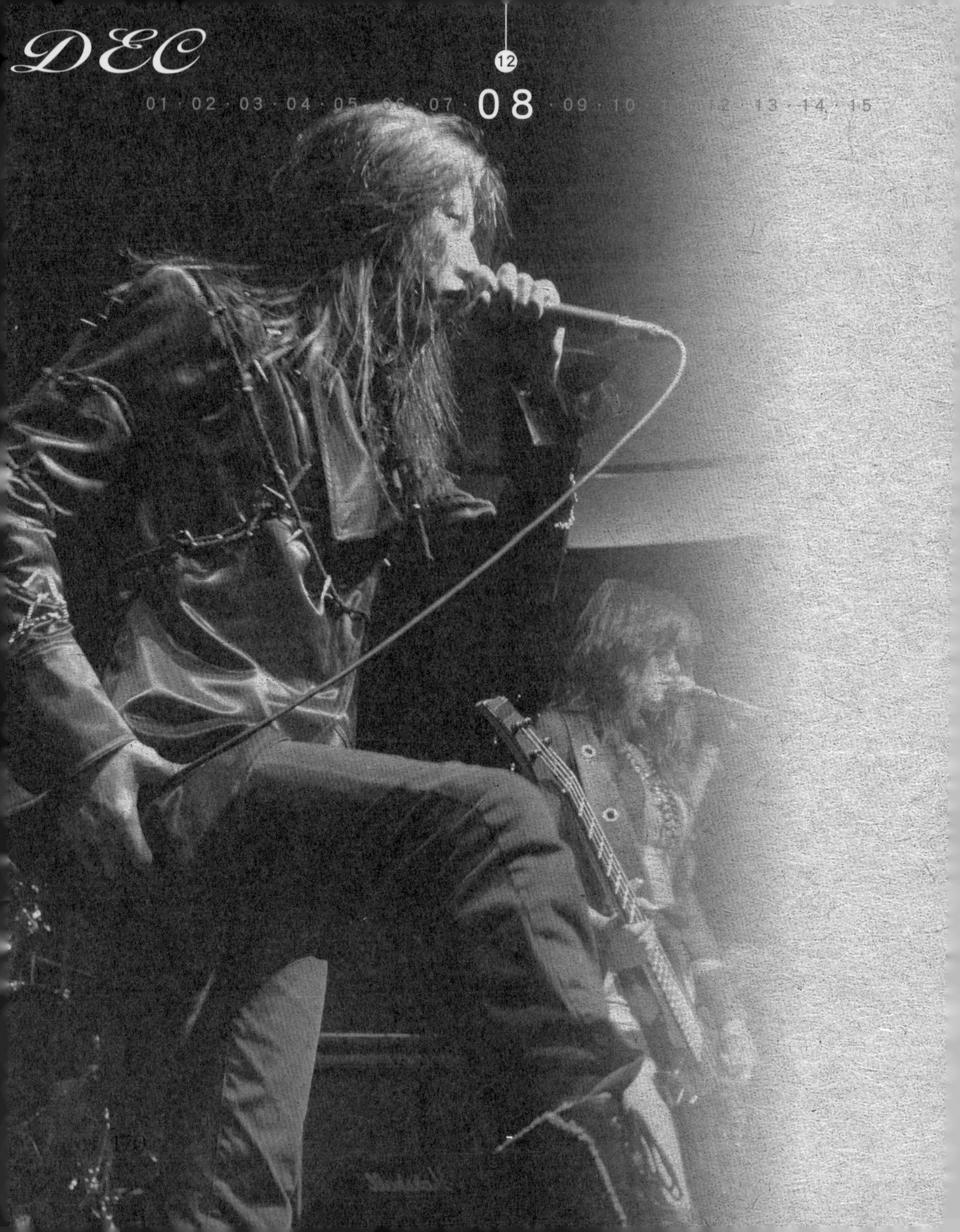

今天在科隆
揍了一個沒品的觀眾

by. Freddy @ 科隆，德國

　　今天在科隆演出，表演之前的下午先到了科隆大教堂去參觀，看到這麼雄偉的建築，心中充滿了崇敬，這真是科隆的靈魂所在，也一定是德國藝術史上偉大的一頁。

　　演出前，團員們都為了滿座的樂迷們而摩拳擦掌，準備要再次迎接一個盡興的夜晚。然而，整場演唱會，在吉他手Jesse的前面就是有兩、三個人從頭到尾都對我們比著中指，更可惡的是，當這些人附近的樂迷們都很瘋狂的在甩頭、喊叫的時候，這幾個人便開始用動作嘲笑附近的人，影響附近很投入的樂迷，周圍幾個樂迷只能對他們皺眉頭，卻拿他們沒辦法。

　　於是，在最後一首〈半屍橫氣山林〉結束的時候，玩團至今從沒揍過樂迷的我，終於按捺不住，一腳跨在Monitor上，左手抓住其中一個人的頭髮，右手狠狠的往他的臉灌了兩記重拳，另外一個人則心虛的露出很孬的表情想要往後逃，看到他那副蠢樣，我想想算了！隨即離開舞台……

　　Anyway，今天的樂迷還是很捧場，販售商品的工作人員回報，今天的周邊商品賣得比昨天還多。感謝大家沒有受到那些白痴的影響。唉，但是打人畢竟是錯的，我很怕開此先例，之後團員們也有樣學樣，那就慘了！所以我也跟團員道歉，以後我不會再浪費精力跟時間在這種白痴身上。

171

DEC

12

01 02 03 04 05 06 07 **08** 09 10 11 12 13 14 15

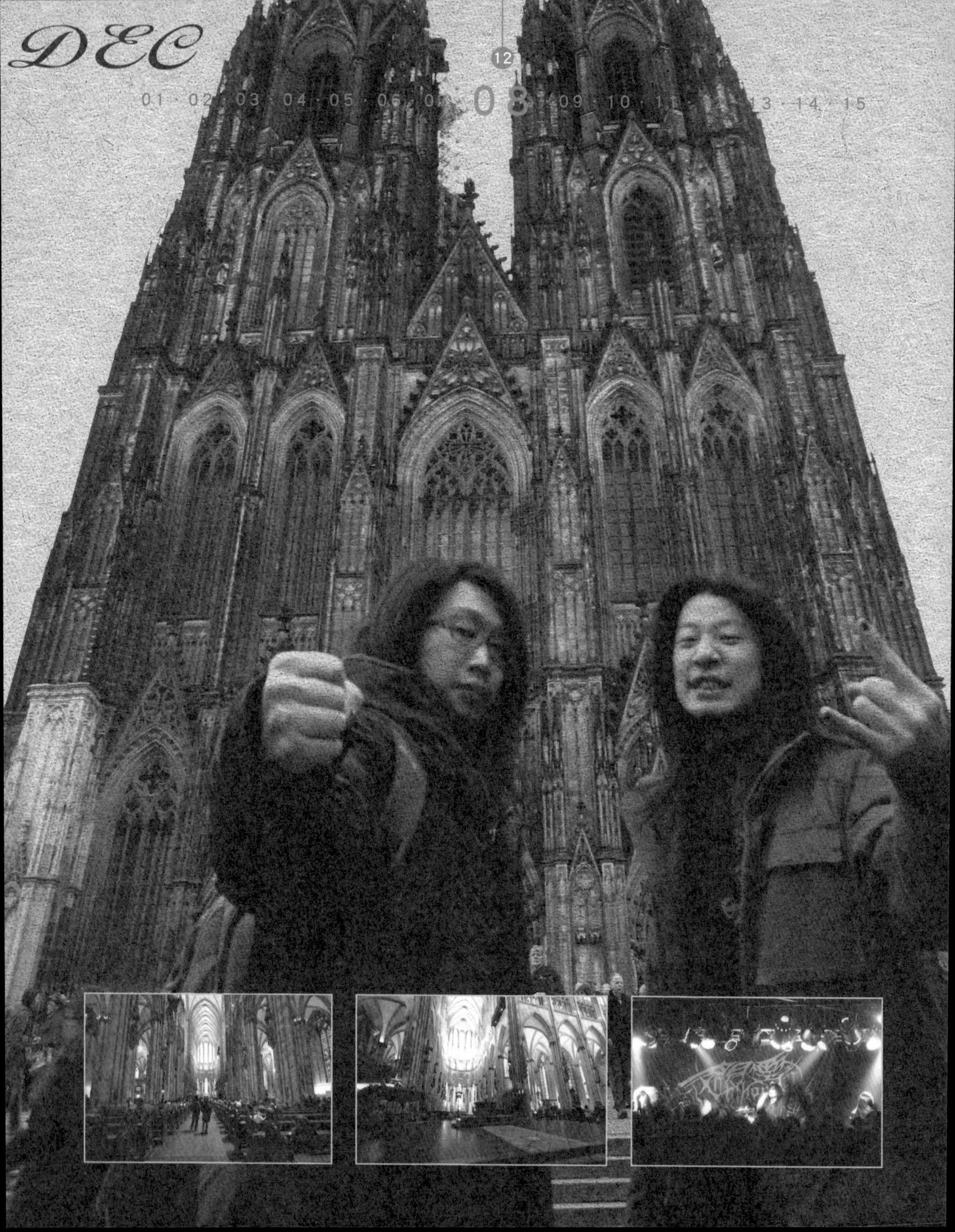

科隆，
Freddy學科博文，科科！

by Sunung @ 科隆，德國（補記）

科隆，是萊茵河最重要的歷史文化中心，而列為世界文化遺產之一的
「科隆大教堂」，更是科隆的靈魂所在。該教堂從十三世紀開始斷斷續續
蓋了六百多年，直到1880年才完工，且成為當時世界最高建築。曾經也是
世界最高的建築「台北101」，不知道在百年以後，會不會仍被認為是世界
的經典。

今天的科隆演唱會之前，我跟幾個團員先去參拜了科隆大教堂。計程車
慢慢駛近教堂時，我們幾個人光是透過窗戶看，就被她的雄偉壓迫得喘不
過氣，好像是電影裡面用電腦3D科技做出來的奇幻宮殿，不！就算是變
形金剛裡用電腦科技做出來的科博文也沒有科隆大教堂的千萬分之一，而
且，她就真實的呈現在我們眼前，這真是一個值得讓德國人永遠驕傲的建
築啊！可惜，為了要趕回演唱會場彩排，我們參觀不久後，就只好很不甘
願的離開了。

科隆這場演唱會的門票早就售罄，三百多人的場地，硬是超賣了近五百
張票。主辦單位一直很懊惱，覺得應該要訂像漢堡演唱會那樣上千人的大
場地，我是覺得如果可以在科隆大教堂裡面表演就棒透了！不過雖然表演
得很盡興，但是最前排有幾個酒醉的老鼠屎在亂鬧，還騷擾其他很熱情的
樂迷，一直四處比中指，我們一度在台上差點氣得表演不下去，不過後來
Freddy跟科博文一樣發揮正義感，給了他們一點「教訓」，大家感覺都暢
快多了。表演後大家狂喝德國啤酒，喝得超爽，不過我們不會鬧事的，以
免被Freddy揍。

Doris O.S.：我原本以為是Freddy想要body surfing，結果失敗～

173

Local Band的苦悶

by Doris @ 卡爾斯魯厄，德國

　　這次在中歐巡迴演唱會場次的暖場團，是來自瑞典的Insania，這是一支已經發行四張專輯的Power Metal風格樂團，在台灣也有一些樂迷。

　　這兩天跟他們混得越來越熟，才知道他們雖然發了四張專輯，這趟巡迴卻是他們第一次演出；雖然之前我就知道，國外樂團都是先錄音製作唱片才安排表演，跟台灣樂團組好團以後就一直想接表演不太一樣，但還真沒想到發了四張專輯才開始表演，而他們竟然還只是我們前面的暖場團，待遇不是太好，有時沒有休息室、沒有浴室、歌單有時也被要求刪減。

　　這讓我想到在美國巡迴的時候，各城市幫我們暖場的團通常被稱為「Local Band」，這些來暖場的Local Band平常沒有演出機會，因此只要有知名樂團來到他們的城市演出時，當地的樂團們都會極力爭取暖場的機會來打知名度。但是要能夠排上演出名單，除了他們的音樂必須受到主辦單位的肯定以外，還要幫主辦單位或壓軸樂團賣票、或是付場地時段的費用才能演出，而且一切器材還要自己準備。最慘的是，就算可以排上演出，現場的海報傳單往往也不會印上該樂團的團名，只會印上「Local Band」，印刷精美的節目表或是海報有時連Local Band的字都沒有。他們唯一的機會就是在舞台上告訴觀眾自己的團名而已，所以我們在美國巡迴六十幾場，但是幾乎卻記不得任何一個暖場團的名字。

　　背著Local Band這個名號幾乎是所有歐美新團必經之路，能夠出頭的樂團真的要很有特色與實力。唉，其實歐美的音樂市場真的比台灣辛苦、具挑戰性，但也可以讓樂團更獨立、成熟，我想得來的成功基礎也會更扎實吧！

C
lythonic
閃靈小辭典(請參閱P191)
● Power Metal

途經美麗的奧地利，
我卻在車上寫論文

by Sunung @ Tour Bus，奧地利→匈牙利

　　途經美麗的奧地利，卻沒有下車去觀光，只是躺在Tour Bus的床上繼續振臂打字；我想全台灣應該沒有其他人在這樣的環境下寫博士論文吧。

　　每次巴士停下來，最重要的就是尋找網路，不管是有線無線、要錢免費，反正就是要想辦法上網！心裡總想著：「有重要信件還沒收發，巡迴相簿的照片還沒更新……」但是，當然這些都比不上「論文參考文獻還沒有找齊……」

　　出來巡迴，團員們都必須放下國內的個人事務，長時間在國外工作！有的人向老闆請假，有的人向學生請假，而我則是向指導教授請假。身為一個研究生，最重要的就是畢業論文，需要清楚的思緒、邏輯，靜靜的寫，同時還要廣泛閱讀相關的論文著作；然而，踏上了巡迴之路，讓我寫論文的難度暴增了好幾倍。

　　在車上，來自不同的國家參與巡迴的人，大家喝酒聊天。這些金屬壯漢一喝了酒，嗓門不自覺的變大、打嗝放屁等蠢事都變得稀鬆平常，聊著荷蘭人的怪口音、芬蘭人的大酒量、德國比利時的各種口味啤酒，或者這個城市曾發生條頓人跟羅馬人的戰役、那個城市旁邊就是白雪公主裡面的黑森林……等；在一旁聽著這些風花雪月的我，還是要專心畫流程圖，思考如何改善程式碼，重複閱讀文獻。有時思緒卡住，就瀏覽窗外的歐洲田園風情，放空一下，再繼續打拚。

　　我有幸成為全台灣第一個踏上巡迴演唱會生活的博士生，等畢業論文誕生之後，我一定要把論文跟我的演出照片一起裝訂成冊，成為我此生最值得紀念的回憶！

看起來像皇宮，
竟然是菜市場

by Doris @ 布達佩斯，匈牙利

　　匈牙利的首都布達佩斯，被稱為是歐洲最美的城市之一，昨晚一抵達這裡，演唱會的主辦人便馬上帶我們去一家知名的匈牙利主題餐廳，裡面全是仿造中古世紀的城堡與地窖，門外還站了穿著笨重盔甲拿著刀劍的騎士，充滿異國情調。更特別的是，當我們在這地窖用餐到一半時，突然音樂大作，一位匈牙利正妹衝進來大跳肚皮舞，不久後，兩個身著騎士裝的

人衝進來對決西洋劍，把大家逗得食欲大開，酒也跟著一瓶一瓶開，經濟都被他們拚走了。

匈牙利人好像性喜食「肉」，分量超大，我們不管點什麼餐點，結果都是各種烤肉炸肉塞在一個大盤子裡，大概古代肆虐歐洲的游牧民族「匈人」就是這樣大口吃肉吧！這種油膩畫面出現，即使像我身為全團食量最大的人，也是吃沒兩口就打退堂鼓了。

今天演唱會之前，我們先到布達佩斯市區逛逛，看到貫穿布達佩斯的多瑙河，四周被燈光打亮的古堡和修道院，實在很有中歐的感覺。遠遠看到一座像皇宮一樣豪華的建築，馬上被吸引過去，看到牌匾上寫著建於1864年，正佩服這個隨處都可以看到古蹟的都市時，走進裡面一看，這竟然是菜市場，讓我們整個傻眼！

接著，我們又遇到最近隨處都可見的「聖誕市集」，市集裡又是一堆烤肉，不過走著走著竟然被我們發現有疑似台灣高麗菜捲的食物，於是馬上點來嚐嚐，果然就像台灣的高麗菜捲！四處又一直飄來台灣牛肉湯的香味，我們聞香湊身到攤位前，一看竟是兩個像是台灣滷牛肉汁的甕，突然有一種置身士林夜市的感覺啊！

Sunung O.S.：阿阿阿～匈牙利正妹！！
Dani O.S.：那個高麗菜捲根本就是黑輪……

179

閃靈人生的價值

by Doris @ 阿沙芬堡，德國

　　今天在德國阿沙芬堡的演唱會，是我們歐洲巡迴倒數第三場，今年七月開始征戰歐美近一百個城市，平均大概一個星期要唱五場演唱會，觀眾總數大概也超破百萬了。能在世界各國受到樂迷支持，我們除了高興以外，也偷偷做了一點觀察。

　　美國樂迷是最直接，也最誇張！人體衝浪、拳打腳踢、甚至還露點；英國樂迷很熱情、專心，會很認真融入歌曲的每個細節，跟著旋律吼叫或擺動身體；加拿大的觀眾最親切而瘋狂，喜歡整齊畫一的舉手、大喊、跟拍子；波羅的海三小國很快熱；芬蘭樂迷很慢熱卻喜愛拍照；德國的樂迷最挑剔；瑞士的樂迷最愛買商品；荷蘭、捷克、匈牙利……等各國樂迷都各具特色，要談各國樂迷面面觀，大概可以寫成一本書了。

　　曾經夢想過搭著電影《成名在望》裡的Tour Bus，行駛在夕陽下的美國沙漠公路上一場場演唱會唱下去，如今這個夢想已經實現，不只是美國沙漠，我們的Tour Bus橫越了北極圈的芬蘭、山中之國瑞士、格林童話的故鄉德國……等歐美各地。這是全台灣只有我們六個人才有的生活體驗，和絕大多數的台灣藝人或樂團的選擇不同。

　　我們身在島國台灣，面對廣闊的海洋與全世界，是這樣的視野，讓我們走出一條完全不一樣的道路。小時候總是衝到唱片行買歐美藝人樂團的專輯，期待他們的巡迴演唱會能來到台灣，但我從來沒想過，我們今天竟然能讓歐美樂迷衝到唱片行購買我們的唱片，並期待著我們去他們的國家開演唱會。

　　我很慶幸生在台灣這個音樂環境不如歐美或日本這些多元、成熟的國

家，這樣我們成長的過程所面對的挑戰和挫折更多，也讓我們的鬥志被磨造得更堅強，在這樣的經歷中，我更看得清楚自己的人生方向。不用眼淚告訴別人自己多努力，我們直接身體力行去做出來，因為這是真正對得起自己生命的作為。如果到死之前，我都能保持這樣的鬥志，那麼這趟人生就太值得了。

閃靈歐洲巡迴已經接近尾聲，明、後天結束最後兩場演唱會後，我們就要回到台灣，聽說有台灣樂迷要來接機，讓我別有一種來自家鄉的溫暖，而2007年的第一百場演唱會也於十二月二十二日在台北登場，讓我們一起為這次閃靈的巡迴旅程畫下句點！

大家都是性情中人

by Freddy @ 伊林根，德國

　　今天在德國Illingen演唱會結束後，全場上千的觀眾狂喊：「Play One More！」雖然我們已經沒有安可曲，但能在這樣的吶喊聲中結束今年歐美巡迴的最後一場演唱會，突然感覺非常的幸福。

　　回到後台，被我們暱稱為「馬大姐」的德籍演唱會經理Miriam已經淚眼汪汪，工作人員Skid、Fraggle和Ensiferum的團員們一邊安慰Miriam，一邊竟然也忍不住開始流淚，本團幾個性情中人顧不得臉上未卸的屍妝竟然也流下了不捨的眼淚。大家一方面互相安慰，一方面還是繼續相約明年新專輯發行之後，一定要再來歐洲巡迴、再次合作。

　　雖然跟他們一起工作只有在中歐場次的兩個星期，但是每天二十四小時

在一起，感覺好像度過了幾個月，尤其他們不只是專業，還有著非常誠懇的態度，讓我們不僅工作合作相當順利，也跟他們結下很深的友誼。

　　我一個人最後再次走進Tour Bus巡視有沒有東西忘了收，想想剛才離開後台時，我還笑稱自己怎麼那麼鐵石心腸都不想哭，沒想到看著我的床位，竟忍不住也鼻酸了。

Sunung O.S.：德國的朋友們真是讓我們難以忘懷～
Jesse O.S.：第一次碰到這麼合得來的樂團，Hail Ensiferum！
Doris O.S.：Skid前幾天就說最後一天他不要出現，因為他很怕這種場面……果然第

2007巡迴補記

by Freddy @ 阿姆斯特丹

　　在報紙上連載日記，雖然很感謝有這次與《自由時報》合作的機會，但這樣的作業方式對我們而言還真是一大挑戰，除了要按時交稿、控制字數以外，還有其他需要講究的眉角。例如照片一定要有人，人要很大，因此我們即便有很多花絮、風景、巡迴生活等其他值得紀念的照片，卻都用不上。又如日記標題與內容要盡量通俗，最好八歲到八十歲都看得懂。

　　七月份剛開始巡迴的時候，因為報社的作業方式，我們交稿的日記有時會被更改原本的標題與內容，團員們差點信心盡失、舉筆維艱，不過後來我們也學習著在專業媒體的限制中找到書寫角度，並且還是把初稿留在閃靈手札的網站，讓樂迷看到原始版本。

　　當然，還是有太多太多的經典照片和有趣的花絮沒有放上去，因此當圓神出版社決定要在2008年出版閃靈巡迴的紀錄書時，我們都很興奮，終於有機會可以完整的把整趟巡迴呈現出來，所以我們挑選出精選的文章，搭配經典照片和特別花絮，相信這不僅會是一本有趣的、勵志的札記，甚至還有旅行書的功能！

　　未來我們還有更多的國外巡迴機會，許多外國樂團都這樣告訴我們：「每次巡迴都會發生許多新的事，也會得到許多新的東西。」接下來的巡迴，我們還會碰到怎樣的事，遇到怎樣的人呢？這像是個永遠不知道結局的遊戲等著我們去闖關呢！

07/11　NILE（尼羅血河樂團）

與閃靈一起在全美進行售票演出的金屬樂團，同時也是Ozzfest受邀演出團體之一。辨識度極高的古埃及死亡金屬樂風，使NILE成功闖入主流的告示排行榜前五十名。

Hatebreed

多次參加Ozzfest演出的知名Hardcore Metal樂團，熱力四射的演出總是讓表演現場形同暴動。

7/12　Lamb Of God（上帝羔羊樂團）

目前美國重金屬界一哥，以生猛的現場演出與剽悍的曲風樹立起不可撼動的地位，曾多次在Ozzfest表演中，向觀眾推薦閃靈樂團，提攜後進的前輩風範令閃靈團員們感激不已。

Ozzy Osbourne（奧茲奧斯朋）

重金屬開山始祖：Black Sabbath（黑色安息日樂團）之主唱，早年以強悍的樂風及撕咬蝙蝠頭等行為而為人所知，目前雖然已逾耳順之年，卻仍以舉辦Ozzyfest並參與巡演，活躍於重金屬樂界。

Lordi（怪獸樂團）

自從Lordi在2006年為芬蘭贏得了歐洲歌唱大賽（Euro Vision）之後，不但成為國家英雄，更是所有芬蘭學齡兒童最愛的樂團。

7/19　Skinny Puppy

成立於八〇年代的老字號工業搖滾樂團，是Freddy年少時的愛團。

7/21　Mosh Pit

常見於叛客與重金屬音樂會上，觀眾為了表達表演樂團帶來的爽感，會隨著猛烈的節奏，大動作的揮舞手臂、衝撞彼此，雖然偶有受傷情況，但主要還是情緒的發洩，並非蓄意的暴力傷害行為。

7/23　Public Enemy

八〇年代崛起於紐約的嘻哈樂團，以探討社會議題與政治為創作主軸。

Nightwish

來自芬蘭的重量級旋律金屬團，以優美女聲融合粗暴男聲為特色，專輯以描述北歐神話與史詩為主。

Ted Nugent

有底特律吉他狂人之稱的泰德納金特，除了玩音樂之外，對時事的關懷也不遺餘力，舉凡環保、政治、生態等話題，都是他的音樂所探討的主題。

Fear Factory

混合了工業金屬與極端金屬元素的樂團，除此更以多變的實驗精神，持續在金屬界保有霸主地位。

7/24 Daath

與閃靈一起巡演的樂團之一，是知名金屬廠牌Roadrunner旗下新星。

7/31 NRHP

美國國家歷史建築（National Register of Historic Places）的縮寫。

8/07 Edguy

曲風融合Power Melodic與Speed Metal的德國金屬團。

Epica

來自荷蘭的歌德金屬勁旅。

Overkill

鞭擊金屬四大團Metallica、Megadeth、Slayer、Anthrax之外，被譽為第五大團的美國樂團。

8/14 FAPA

台灣人公共事務會（Formosan Association for Public Affairs）的簡稱，主要由在美台灣人組成。

8/28 Behemoth

來自波蘭的黑金樂團，是2007年 Ozzfest 2nd Stage壓軸樂團之一。在美國巡迴經歷多年之後，一方霸主的氣勢已漸成氣候。

Devildriver

美國加州的死亡金屬樂團，2007年Ozzfest 2nd Stage演出團體之一。

Ankla

團員來自中南美各國的新一代金屬團，2007年Ozzfest 2nd Stage演出團體之一。

189

Static X

美國知名工業搖滾大團，是各大音樂盛事常客，專輯也常常攻陷流行音樂
排行榜。

8/30 Cradle Of Filth

來自英國的旋律黑金屬天團，有吸血鬼派系掌門之稱。同時也是閃靈的啟
蒙樂團之一。

9/15 groupie

仰慕並追隨搖滾樂團之少男少女。簡單的說，就是：追星族。

11/08 YES

成立於1968年的前衛搖滾樂團，長達三十多年的樂團生涯裡，始終以實驗
與創新的音樂作品享譽國際。

11/11 My Dying Bride

來自英國的Doom / Death Metal大團，被譽為毀滅金屬三巨頭之一。

Twisted Sister

數十年如一日的老牌重金屬樂團，即使到了二十一世紀，該團上場表演
時，仍舊頂著超復古蓬蓬頭與過時臉妝，效果十足。

Saxon

八〇年代初期，掀起重金屬搖滾新浪潮運動的樂團之一。至今仍以充滿英
式風格的硬派搖滾活躍於樂壇。

Tesla

美國加州硬式搖滾老團。

11/19 Lost Soul

波蘭的死金樂團之一。

Devil Driver

波蘭的死金樂團之一。

11/28 Riff

樂曲中經常重複出現的段落。

12/03　莫那魯道

賽德克族馬赫坡社的頭目，悲壯的霧社事件領導人。

12/04　交響黑金屬

黑金屬於九○年代發源自北歐，後發展成為有強調旋律變化的「交響黑金屬」（Symphonic Black Metal）和喜好生猛急速粗糙的「原始黑金屬」（Raw Black Metal）等多種派別。

12/05　goregrind

被翻譯為血腥輾蕊的一種極端金屬樂派，幾乎無旋律性的歌曲與狂暴的古典節奏轟炸下，挑戰常人的聆聽極限。

12/07　Megadeth

美國的鞭擊金屬名團，名列鞭擊金屬四大團之一，曾經到台灣來演出。

Mayhem

來自挪威的黑金屬流派創始者。

Therion

來自瑞典的交響歌劇金屬代表樂團。

Black Dahlia Murder

美國的旋律死亡金屬樂團，團名取自至今未破的五○年代美國加州最著名懸案The Black Dahlia（後來被拍攝成電影《黑色大理花懸案》）。

12/09　Power Metal（強力金屬）

此流派最易辨識的特徵是超高音主唱，以及傳唱騎士傳奇為主的專輯概念。

值得紀念的人物事件簿

尚青的長輩們！

2007年，閃靈首次踏上巡迴之路，就面對這麼廣的作戰範圍，以及超長的戰線，大家在身體與心理上都面臨了大挑戰，還好這一路上，總是有許多旅居歐美的台灣鄉親伸出援手，讓閃靈能度過種種難關，並在這五個月內，締造了零缺席的出演紀錄，這在鳥事特別多的北美巡迴裡，是非常難能可貴的。

閃靈巡迴前夕，在台獨聯盟的號召之下，周志鵬先生負責北美方面的聯繫，李勳墉先生負責了英國方面的聯絡，盧榮杰先生則是德國及周邊國家的聯絡人，透過三位負責人，其下建立了綿密的地區聯絡網，隨時更新閃靈的最新動態，如果有什麼需要協助的話，則透過E-mail或電話聯繫，來取得最近的鄉親協助資源。

當其他樂團聽到閃靈有這麼縝密的網路護航時，都覺得很驚訝，眼前這些已屆花甲之年的老先生、老太太，到演唱會現場來表達支持已經是很不可思議的事情了，沒想到居然可以用網路來建立龐大

　　而有效的聯絡網。不過他們可想不到，眼前這些跟著音樂節奏賣力甩頭的老人家們，可有一段精彩的生命故事，許多鄉親因為年輕時加入台獨聯盟，為台灣民主抗爭，而被當年的政府列入黑名單中，一旦名列其中，身在島內的便出不去，人在海外的就回不了家；也有部分人不明就裡的成為黑名單上的一員，到現在仍不知道原因。當時大部分的人，都是因為留學而出國，在有家歸不得、有護照卻派不上用場的情形下，許多人就這樣留了下來，直到解嚴以後，才被准許回到島內故鄉。

　　而協助閃靈的聯絡網之所以成立，也有相同的大時代背景。

　　根據三位主要聯絡人表示，這一切主要是因為旅居海外的台灣人，在過去為了抵抗島內專制政權，長年以來投入台灣民主政治運動，接待黨外異議分子在海外的活動，才會有這樣成熟的聯繫網路密布全球。解嚴至今已過了二十年，台灣雖漸漸步入民主，但在國際上始終受到來自中國的壓制，近年來不減反增。這些參與民主運動的前輩們，走過三、四十年，仍舊站在支持台灣的行列裡，以行動關心著台灣。

　　因著同為台灣發聲的熱心，在巡迴中，除了感受到「鄉親」的溫暖之外，也有一種大家都是站在同一陣線努力的革命情感。

　　謝謝各位可愛的長輩，我們還要一起為台灣加油！

瘋狂樂迷Lewis

Lewis是第一個還沒跟團員說過話，就令大家印象深刻的樂迷，除了他的身材尺寸很顯眼外，他的出席率也驚人的高。住在北卡州（North Carolina）的Lewis從閃靈在夏洛特（Charlotte，NC）的Ozzfest之後，一共看了七場閃靈的表演。

除了閃靈在北卡州的三場表演全勤之外，他也現身在紐約市等地的表演現場。

在那場決定性的Ozzfest之前，Lewis並不知道閃靈是何許人也，直到聽見Freddy在開場時大吼一聲：「We're CHTHONIC from Taiwan！」之後，Lewis才注意到這個Ozzfest中唯一的亞洲樂團。

對Lewis來說，閃靈吸引他的原因，除了獨特的音樂性之外，還有將台灣文化與歷史作為創作理念，讓閃靈的音樂表現更加豐富。還有Freddy跟Doris在舞台上令人驚豔的表現。在金屬音樂中，女性一直都是稀有動物，看起來瘦弱的Doris在台上總是有一股女性獨特的

魅力與強悍，讓她在男性為主的金屬樂舞台上，特別耀眼。

而Freddy在台上直言自己的政治立場，也很令他相當敬佩，多數的樂團在舞台上只是盡力討觀眾開心，對於有爭議但必須捍衛的價值卻避而不談，在崇尚言論自由的美國，多的是勇於直接表達愛憎的觀眾，認同你，他們會熱情的給予掌聲；若不認同，噓聲也給得一點都不客氣，更有甚者會以丟擲空瓶作為抗議。

但不管是在思想比較開放的大城市，或者思想較保守的中西部，閃靈從沒有因此修飾對現況的忿怒。

結束北美巡迴後，在閃靈的網站上，還是可以常看到Lewis的熱情留言，而最經典的是，他在手臂上刺上了Doris的臉，完全鞏固了他身為閃靈頭號瘋狂歌迷的地位。

金屬界的老大哥，
Cradle of Filth

數年前，當閃靈聽著Cradle of Filth（COF）的音樂時，只是不斷的思考著，如何能創造出這麼棒的旋律，但從沒有挑戰過幻想的極限，想像有一天能夠和他們一起表演，在演唱完自己的曲目之後，還對觀眾說：「接下來，讓我們歡迎最偉大的黑金團——Cradle of Filth！」

幾年過去了，閃靈終於得到意外的機會，受邀與COF一同演出。當美國經紀人Scott親口證實了這個消息後，即使必須延後返國的時間，團員們所有想家的情緒、巡迴時累積的適應不良症狀……都突然痊癒了！但同時感染了「狂喜＋蹦跳」的熱病，直到看見COF本尊。

COF的音樂一向以邪氣聞名，在見面之前，他們的音樂風格加上

從小閃靈累積的崇拜之情自然給我們很大的想像空間，加上他們團大、名氣大，設備也很驚人，光是豪華Tour Bus跟超大拖車就各有兩台，他們專屬的舞台布景施工，更是長達數個小時。而初次見面的迷弟迷妹們，只能戰戰兢兢的跟每個團員打招呼，並祈禱他們是好人，不會隨便咬不從者的脖子。

第一場跟COF合作的演唱會在加拿大的魁北克舉行，結束表演後，大家迫不及待的卸了裝換好衣服，就直衝到觀眾席裡，跟著音樂一起甩頭，在擁擠的人潮中，混合著汗水留下感動的淚。閃靈創團初期，唱過COF的歌，也在COF的音樂裡，確認了旋律黑死的路線，就在一個晚上，團員們圓了兩個夢想：身為樂迷，終於親臨了愛團的演唱會；身為音樂人，終於得到了跟愛團同台共演的機會。

COF除了好相處以外，更是提攜後進的好前輩，每當閃靈團員們身著便服在台下跟著觀眾瘋狂甩頭的時候，聽見主唱Dani在歌曲演奏之間，向觀眾再次介紹遠從台灣而來的閃靈，並帶著霸氣的口吻命令觀眾：「Make some noise for Chthonic！」的時候，硬漢的眼淚再度不爭氣的噴發！！！

跟COF合作的四場演出，是閃靈此行最後的表演，也為這趟旅行畫下一個完美的句點。更棒的是，幾場表演下來，除了兩團團員們私底下建立了友誼之外，COF團員肯定了閃靈的音樂，除了稱讚閃靈將是The next step of black metal以外，主唱與吉他手都力邀閃靈在明年新專輯發行後，再度攜手同行，唱遍歐洲。

這一切都讓創團元老Freddy拋開一路走來的風風雨雨，在Tour Bus上瘋狂大喊：「我們這十一年來，真是做得太對啦！！！！」

司機兼地陪，Dave

人與人之間的緣分常常令人難以捉摸！各位還記得在《閃靈王朝》一書中，曾經介紹過的CL嗎？他在冰天雪地突然的出現，溫暖了第一次出國錄音的閃靈團員，這次他雖然沒有參與閃靈首次的歐美巡迴，但在冥冥之中，他將棒子交給了Dave。

Dave是CL的朋友，在一次晚餐聚會中，CL播放了閃靈的CD，令在場的Dave驚豔不已！Dave後來透過CL認識了Freddy，並在閃靈宣布了將展開歐洲巡迴的消息之後，特地挪出工作空檔，擔任閃靈在英國巡迴期間的司機兼地陪，以及隨團攝影師。在英國跟團員一起過著睡Sleeper Van，有時甚至得在休息站洗澡的巡迴生活。

英國的道路，並不像美國般超大尺寸，多半都是沿著丘陵起伏的合身線道，來車皆有如擦肩而過，Dave駕著Sleeper Van外掛一台拖車，把我們送到每個表演場地，熟練程度讓人不敢相信這是他第一次開Tour Van，更妙的是，一切關於駕駛Sleeper Van加上拖車的技巧，他都習自網路上搜尋的資訊。

雖然在英國的巡迴只有短短的十天，但是在Dave的帶領下，團員們享受了巡迴期間罕見的觀光旅遊，除了團員們在倫敦的個人探險外，應喜愛神秘事物的Doris要求，Dave帶我們去看矗立在英格蘭平

原上的巨石群（Stonehene），同時也參觀了Dave的家鄉：以羅馬浴池聞名的巴斯（Bath），完全實現了大家工作中不忘娛樂的夢想。最後閃靈在德國結束最後一場表演時，因為離歐班機在阿姆斯特丹起飛，跨國交通安排不易，Dave還特地從阿姆斯特丹開了四個半小時的車，接閃靈到機場。十足的成了閃靈歐洲行的救火英雄。

　　雖然每回跟閃靈在一起的Dave，總是因為疲累而掛著重重的黑眼圈，但一結束巡迴之後，Dave又生龍活虎的表示：實在等不及看到那些壓軸大團因為閃靈的精彩演出而大吃一驚，所以他已經為下次巡迴做好準備啦！！！

Julia阿姨與Jade阿姨

　　北美巡迴中，有一次因為車子拋錨，閃靈差點被迫放棄全勤紀錄，幸好當地鄉親派出Julia阿姨與Jade阿姨飛車救援，讓那次的危機安全度過。

　　閃靈素來以鮮明的獨派作風聞名，因此這次巡迴中，熱情支援的大多數也都是參與獨派運動多年的鄉親，不過就在前往表演場地的路上，Julia阿姨爆料原來Jade阿姨是個馬迷，但兩個老朋友的好交情，讓Jade阿姨一口答應了開車這個苦差事。

　　因為這個奇妙現象，兩位阿姨被我們稱為「統獨雙姝」。

　　跟一般接觸的鄉親不同，Jade阿姨是用觀光簽證到美國跳機，就留了下來，一待便是二十餘年，開了餐廳，在美國生了根。

　　在台灣，有很多政治立場偏統的人，恨得閃靈牙癢癢，但Jade阿姨並沒有多說什麼，只是跟Julia阿姨鬥鬥嘴，跟我們話家常。相處起來，就像是長輩一樣照顧著同是台灣來的年輕人。

　　跟Jade阿姨聊天，問她會不會因為閃靈的獨派思想，而覺得相處

不來。Jade阿姨只是笑笑說，大家都是台灣來的，當然要互相幫忙啊！

即便政治立場不同，到了國外，因為大家都是出外人，那種對故鄉的懷念，還是可以很快的將人聚攏在一起。

隔天早上清晨五點，沒睡幾個小時的兩位阿姨，再度上路，四個小時的車程，加上沒有在車後加掛這麼大一個拖車的經驗，車上的閃靈團員早已全部睡死，阿姨們戰戰兢兢的開了四個小時的車，才把我們送到位於波士頓的表演場地，表演結束後，又是一趟四小時的車程，風塵僕僕的回到紐約州。

看著阿姨們的廂型車緩緩駛出旅館停車場，覺得藍的綠的紅的好像都不是那麼重要了，重要的是，大家都是台灣人，大家都想為台灣做點什麼的心情吧！

Local Band

通常一個巡迴，會有兩到三個固定的樂團組合在一起，由樂迷最多的樂團擔綱壓軸（Headliner）演出，巡迴也以壓軸樂團作為主要的票房號召，然後再邀請一個到兩個風格相近但資歷較淺的樂團（Support Act）擔任暖場的工作。這幾個到處巡迴表演的團，過得也就是我們過去在電影裡看到的那種日子：坐巴士巡迴各地，休息室裡「通常」有吃不完的食物跟啤酒，表演的時候台下樂迷會大喊你的名字對著你尖叫，表演完會有辣妹樂迷圍著你聊天……（其實百分之九十以上還是長髮金屬男……）

相對於知名巡迴樂團的，就叫作Local Band。這類地區性的樂團通常正值起步階段（或者搞了半天還是無法把樂團名氣擴散到居住的城市以外），如果能夠爭取到跟人氣火熱的巡迴樂團一起表演的機會，對樂團的名聲一定會有正面的拉抬效果。

不過想要攀龍附鳳、一飛沖天是不可能的，為了爭取這樣的表演機會，Local Band必須承受割地賠款般的要求。通常包括了：必須想辦法賣出一定數額的門票（門票上還看不到自己的團名喔……）或

支付場地費用；沒有演出酬勞、沒有真正的休息室（也就代表你吃不到也喝不到隔著一層門板的食物，同時必須自力更生的尋找樓梯間、淋浴間或倉庫來安置自己的樂器跟屁股）；一定是在開場的冷門時間表演；在壓軸樂團將器材安頓好彩排完之後，才能將自己的器材，包括自己帶來的整套鼓跟音箱，擺到台上剩下的空間。（當表演場地的舞台不夠大的時候，那看起來簡直就像是在人家客廳裡搭帳棚一樣的感覺，既尷尬又沒有空間好好表演。）

　　聽起來很像是為成名而簽訂了喪權辱國的條款吧?!但巡迴幾個月下來，我們只有看過一個團因為不守規矩，而遭到巡迴經理無情義的責罵訓誡。

　　幾乎所有檯面上的樂團都走過這麼一段艱辛的奮鬥歲月，即使好不容易脫離了Local Band的階段，開始到外地巡迴的初期，許多資金不足的樂團還是必須以廂型車為家，每次看到數名金屬大漢從塞滿枕頭棉被的廂型車下來，伸展身體準備開工搬運器材的時候，內心深處不斷的回盪著一句：你們才是搞樂團的熱血硬漢啊！

紐約的BB King，Ling

巡迴中除了很多特地來為我們加油的長輩級鄉親外，也有一些生在美國長在美國的第二代台美人，他們對父母口中的故鄉：台灣，有著濃厚的情感，同時也積極的參與不少台美人的公共事務。Ling就是當中一個鮮明的例子。

第一次見到Ling，是在紐約的BB King，她因為對閃靈的興趣，以及記者工作的需要，促使她來採訪Freddy，之後閃靈在紐約的兩場表演，都可以看到Ling為表演拍照的身影。雖然從小在美國生長，對Ling而言，台灣卻不只是太平洋另一端的島國。因為家庭教育的關係，當Ling還是個小女娃的時候，便跟著父母參加各種為台灣民主而舉行的活動，在抗議人群中，揮舞印著台灣的小旗子。

　　隨著年齡增長，Ling仍舊待在這些活動現場，跟著人群揮舞著手上的台灣旗。對Ling而言，台灣是她的根，也是她的祖國，如果不凝聚所有個人的力量，告訴世界上的其他人，台灣不等於中國，台灣有自己的文化，那麼總有一天，台灣會在世界的版圖上失去獨立自主的位置。

　　Ling激勵了我們，也讓我們看到海外還有其他像Ling一樣的年輕人關心著台灣，為台灣貢獻一己之力。台灣邁向正常國家的路，還有好長一段要走，這些事情並不是大人的事情，這些事情關係著每一個生活在島上的居民，閃靈會繼續用閃靈的方式，跟所有年輕人一起──讓台灣更好！

閃靈的女性團員們

金屬樂一直以來都被認為是陽剛味最重的音樂類型，如果說演唱會現場女性樂迷算是稀有動物，那麼女性樂手的稀少程度，應該就像是刮刮樂彩券要中獎那麼難吧?!

常常也有人問女性成員們，這種住車上、每天移動、不見得能夠每天洗澡的日子會不會沒辦法接受，經過我們親身實驗的結果，這些小問題都有辦法克服，唯一讓大家傷過腦筋的，反倒是「男女問題」。

台上嘶吼咆嘯的大漢們，其實私底下都相當的溫和有禮，對女性也相當紳士風度，酒酣耳熱之際，大家更是什麼笑話都熱情的貢獻出來，讓歡樂的氣氛直達滿點！

不過總是會有一些老鼠屎在酒後現出原形，趁著酒意，開始尾隨妳到沒人的角落，肆無忌憚的表示他「私底下」更有魅力……甚至是藉著酒意扒著妳不放，硬是要妳接受他的成人邀約……

我們在巡迴中，曾碰過一次這樣的情形，除了女性成員自己勇敢說不、機伶的逃脫之外，所有男性團員們也都隨時提高警覺，一發現有不對勁都立刻出面化解，以人牆的方式將女生圍住，並盡可能的避免落單情形發生，以免遭受騷擾。

　　雖然最後所有人安全的度過了這一段巡迴，但這也成為巡迴回憶中，最提心吊膽的一段時間。

　　後來在歐洲遇上女性經理，曾向她請教過這個難解的問題，她說，這樣的集體生活對女性來說雖然不容易，但絕對不是做不到的，只要團隊遵守互相尊重的原則，女性本身也要宣示自己獨立自主、不受威脅的氣勢，絕大部分的情況下，都能跟常常喝醉的金屬大漢和平共處。

　　總結這五個月的巡迴經驗，其實巡迴生活對於女性而言，並不如想像中的難以忍受，只要有心，許多問題都可以一一克服。希望在未來，我們能看到更多的女性活躍在金屬樂的圈子裡。

Ozzy Osbourne

老伯伯Ozzy，總是帶著招牌的小圓墨鏡，還有那一頭中分黑色長髮出現，冷冷的笑容讓人無法聯想七〇年代他的樂團「黑色安息日」，不但席捲了英美樂壇，同時也被公認為是重金屬樂的開端。全台上下的金屬健兒們，在剛組團的青春歲月裡，沒有不翻唱 Crazy Train 的，身為本團最冷靜的Freddy本人，在看完Ozzy現場演出後，曾多次向大家表示在聽到原汁原味的Mr. Clodney時，一面想起自己年少玩團的回憶，一面感動得幾乎噴淚。

縱橫樂壇數十年的Ozzy，跟他的妻子Sharon在1996年時開始舉辦一年一度的Ozzfest，每年Ozzy夫妻都會由成百上千個樂團裡，欽點出他們認為最火紅或最具潛力的樂團一起巡迴，十幾年下來，Ozzfest早已成為全美夏季最重大的金屬盛事，昔日在第二舞台獻唱的樂團，不少都成為今日呼風喚雨的樂壇指標了。而給予這些樂團舞台揮灑的Ozzfest，也早已被公認為是世界上規模最大、影響最廣的金屬音樂祭之一。

　　好不容易參加了Ozzfest，除了看Ozzy的現場演出外，我們也常常幻想什麼時候可以近距離的跟Ozzy打個招呼，也許他也會親切的跟我們話家常之類的……不過大人物總是不太容易見得到，在跟Ozzy一起巡迴超過一個月之後，我們才在某個炎熱的傍晚，看見在壯碩的保安人員身邊，Ozzy本人安靜、酷酷的飄過我們擺滿食物的餐桌。一直等到他飄過去進入專用休息室之後，我們才對著門外的保安人員驚呼：「啊！是Ozzy！」

　　這樣的遺憾一直留在心中，一直到了Ozzfest巡迴結束前，我們終於獲得機會可以跟Ozzy與Sharon合照，為此大家在照相前，重新妝點門面，再披汗水未乾的表演服。當兩位巨星出現時，所有成員不顧自己化了牛鬼蛇神的臉粧，都傻傻的咧嘴笑了……

　　稍晚，整夜都可以聽到小捲跟丹尼在比較Sharon搭了他們哪一個的肩又挽了誰的手……

來自西雅圖的
高中女生，Sarah

這趟美國巡迴，閃靈除了實踐自己的音樂夢想之外，同時也希望能夠透過一場又一場的表演，將台灣在國際上受到的不公待遇，以Metal的方式怒吼出來。巡迴開始前，想到日後兩個多月，都要面對著不同文化、不同語言的群眾，團員們都絞盡腦汁，設想表演方式如何能更抓住觀眾的注意力，能不能讓他們接收到我們想要傳達的訊息？

還好第一場表演之後，我們就遇到了Sarah，她幫助我們解開了疑問。

Sarah Simkus是一個住在西雅圖附近小城的高中女生，自從一次在《REVOLVER》雜誌上讀到閃靈的報導之後，她便開始聽閃靈的音樂，成為閃靈的樂迷。

那天，她特地趕來看閃靈在Ozzfest的第一場演出，卻意外的錯過了表演時間，後來在現場遇到Freddy，得知明天閃靈會在西雅圖另一個Live House表演的消息，隔天Sarah真的再度光臨，一償宿願。

過了幾天，Freddy收到Sarah的來信，Sarah表示自己在學校裡修了一門社會正義的課程，正好要做一個報告，需要Freddy的協助。對過去的Sarah來說，「Taiwan」這個字眼，代表著她兒時玩具

的製造產地，但在幾天前閃靈的表演中，Sarah聽到Freddy在演唱
〈UNlimited TAIWAN〉之前，他聽見觀眾們提到台灣在國際上所受的
不公平待遇，讓她對於台灣的政治現況產生了積極的興趣。

　　於是她決定以台灣為課堂報告的題目，一方面是向同學、老師介
紹台灣目前在國際關係上所面臨的課題，另一方面也表達了她對閃
靈理念的認同。

　　在與Freddy幾次的信件往返中，Sarah完成了這次報告，有些
Sarah的同學因為這份報告，也開始成為閃靈的樂迷，研究起那些台
灣本土的故事，而Sarah本人也開始計畫到台灣自助旅行。看來搖滾
不但可以傳遞訊息，更是創造旅遊商機的好方式！

PART4

{ 你不可不知的閃靈資訊

閃靈歷年巡迴之最

01 ▶ **緯度最高的地方**
芬蘭庫奧皮奧（北緯63度）

02 ▶ **緯度最低的地方**
新加坡（北緯1度）

03 ▶ **海拔最高地方**
柯羅拉多州丹佛（高度1609公尺）

04 ▶ **海拔最矮地方**
荷蘭的呂伐登（高度 1公尺）

05 ▶ **最冷的溫度**
-5℃（芬蘭庫奧皮奧）

06 ▶ **最熱的溫度**
40℃（美國鳳凰城）

07 ▶ **最長連續表演紀錄**
2007/08/06-2007/08/30 共25天

08 ▶ **最高單次開車距離**
600 Miles =965.6公里（Indianapolis，IN至Reading，PA）

讓閃靈冒汗的十五大「災」問

Q001
你們平常都在哪裡駐唱？
（汗）……
我們這一行沒有
在駐唱的啦！

Q002
你們都唱誰的歌？
化妝的時候唱閃靈自己的
歌；沒化妝的時候唱秋川
雅史的〈化為千風〉。

Q005
濁水溪公社跟你們
同期的喔？
他們比我們早十年，
十年喔！不是一年！

Q003
ㄟ你們頭這樣搖不會暈
喔？我看了都暈了！
沒有一起甩才會暈啦，
真的！看比較暈。

Q004
你們主唱都在唱什麼？
其實聽懂不懂沒關係，
因為他也不一定
照歌詞唱。

Q006
巡迴這麼久你們
會想某嗎？
好像都是某比較想我們
……常常打來查勤。

Q007
可以清唱一下嗎？
（停住）

Q08

睡車上會不會很可憐？

這就是Rocker的生活（遠目）！

Q09

你們住車上可以洗澡、上廁所嗎？

Tour Bus上和後台都有廁所和浴缸，不怕找不到廁所，只怕後台浴室沒有熱水。

Q10

Doris，你是團內唯一一個女的喔？

也有外國樂迷把小捲和甦農當成hot chick……

Q11

Dani, how do you breath?

I don't breath.

Q12

Dani, how do you drink?

I don't drink.

Q13

你們在台上的時候一定要講髒話嗎？

在這種搖滾文化裡，罵髒話反而是讚美、鼓勵的意思。像是：「You're sick!」「You motherfucker put your hands up!」

Q14

Are you Japanese?

No, we're Taiwanese SAMURAI.

Q15

你們都未滿二十歲吧?!

對對對!!（點頭）

巡迴必備物品全攻略

★樂器
飯可以不吃，吃飯的傢伙可不能不帶。

★隨身手工具
身為專業人士，身上會有工具是很合理的。

★郭士玄
此人乃音控＋樂器技師＋汽車修護＋倉儲管理
＋錄音顧問。

★個人換洗衣物
在公共場合穿衣服，是一種基本的道德。

★針線組
抱歉我剛剛吃太飽打了一個嗝，鈕子就繃開
啦！

★外幣現金
多少帶一點防身吧……

★信用卡
現金帶太多也是很危險……

★盥洗用具
用手指刷牙這招已經落伍了……

★拖鞋
穿拖鞋＝我下班了。

★綁頭髮的髮束
不然喝湯的時候很容易吃到髮菜。

★三面擴充插座
借一個插座來用，不如借兩個給別人插～

★指甲剪
Tour Bus上，嚴禁用指甲過長的腳刀傷害團員！

★茶具組
外國的捧由一起來泡茶聊天啊～

★ 遊戲程式
路途遙遠，長夜漫漫啊～

★ 搖桿
瑪莉兄弟用鍵盤打要怎麼破關啊?!

★ 免洗內褲
輕薄短小、穿過即丟，省去旅行中晾曬內褲的
艦尬。缺點：不宜會客時單穿。

★ 免洗襪
輕薄短小穿過即丟，省去旅行中晾曬襪子的麻
煩。缺點：難免比較臭一點。

★ 感冒藥、頭痛藥、抗過敏藥、消炎藥、
枇杷膏、喉糖、胃藥、綠油精、痠痛貼
布、痠痛軟膏等……
居家良藥在手，天下遨遊。

★ Notebook
這個……不用解釋吧?!

★ 哈哈豆瓣醬
才不會忘記你呢！

★ 衣架
方便曬鹹魚乾……風味的表演服。

★ 紅白塑膠袋
包山包海又有台灣風格。

★ 護照＋台灣護照封套
We're from TAIWAN.

★ 吹風機
吹這個也好，吹那個也好……

★ 化妝品
沒化妝時陽氣太重，根本不像鬼！

感謝這一路上支持我們的各國樂迷，
以及協助我們的各國台僑、相關機關與組織。

國家圖書館出版品預行編目資料

這就是GUTS！——夢想這回事，從來沒有句點 / 閃靈樂團 著
　-- 初版 -- 臺北市：，2008.06
　　224 面；16.5×19.5公分 -- （I star；18）
　　　　ISBN 978-986-133-239-0（精裝附光碟片）
　　1. 樂團　2.搖滾樂　3.臺灣
912.933
97003158

http://www.booklife.com.tw　　　　inquiries@mail.eurasian.com.tw

I star　018

這就是GUTS！——夢想這回事，從來沒有句點

作　　　者／閃靈樂團
部分文字協力／林大雄
發 行 人／簡志忠
出 版 者／圓神出版社有限公司
地　　　址／台北市南京東路四段50號6樓之1
電　　　話／（02）2579-6600 · 2579-8800 · 2570-3939
傳　　　真／（02）2579-0338 · 2577-3220 · 2570-3636
郵撥帳號／18598712　圓神出版社有限公司
總 編 輯／陳秋月
主　　編／沈蕙婷
企畫編輯／陳郁敏
責任編輯／方非比
美術編輯／劉嘉慧
行銷企畫／吳幸芳 · 陳羽珊
印務統籌／林永潔
監　　印／高榮祥
校　　對／閃靈樂團 · 連秋香 · 方非比
排　　版／陳采淇
經 銷 商／叩應有限公司
法律顧問／圓神出版事業機構法律顧問　蕭雄淋律師
印　　刷／國碩印前科技股份有限公司
2008年6月　初版

定價 390 元　　　　ISBN 978-986-133-239-0